**David Nava** nació en Londres en 1991. Con apenas dos años su familia se muda a Berna (Suiza). Un par de años después, a Murcia. Y en 1999 se asientan finalmente en **Albacete**, donde residen en la actualidad. Con diecinueve años se traslada a Madrid para estudiar **Filosofía**. Un año antes de graduarse (2014) publica su primer libro: *Imaginando la realidad*. Un ensayo filosófico que recopila todos sus pensamientos escritos hasta la fecha.

David también escribe relatos cortos, destacando entre ellos *Un zapato en una isla*; y micro-relatos: *La feria de Albacete*.

Actualmente, cursa el doctorado en la Facultad de Filosofía de la Universidad Complutense de Madrid, decidido a escribir la **Tesis Doctoral** sobre su autor preferido y más influyente, Marcel Proust.

davidescribe

 davidescribe

 @davidescribe_

www.davidescribe.com

David Nava Gutiérrez, 2016
www.davidescribe.com

Ilustración de portada y de interior
Alba Sáenz Martínez-Losa
alsaenz@ucm.es

Depósito Legal: AB-362-2016
I.S.B.N.: 978-84-16823-19-2
Impreso en España

unoeditorial.com
info@unoeditorial.com

# Amanda
## Tras lo desconocido

David Nava Gutiérrez

U

«El único viaje verdadero, el único baño de juventud, no sería ir hacia nuevos paisajes, sino tener otros ojos, ver el universo con los ojos de otro, de otros cien, ver los cien universos que cada uno de ellos ve, que cada uno de ellos es».

*En busca del tiempo perdido,*
MARCEL PROUST

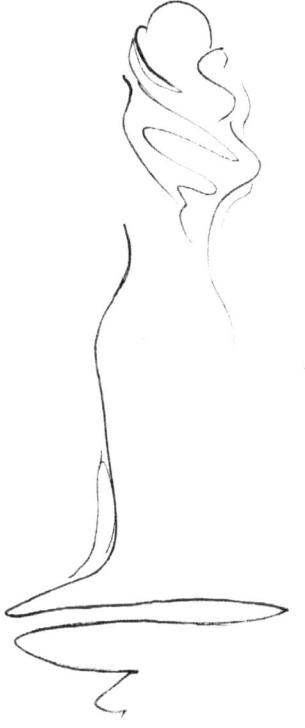

*A mi hermano.*
*A nuestros viajes.*
*A nuestras búsquedas.*

Es posible que la mejor forma de vivir sea golpeando con la cabeza los troncos más resistentes en su especie. El asedio de locura embriaga todo el cuerpo: los pies, el tronco, las manos... Pero la chispa del bienestar viene acompañada con el último impacto, el que se siente como un calambrazo en el encéfalo y languidece por la columna vertebral. Ese instante posee una estructura singular, pues el fenómeno del dolor aparece para después disiparse en el olvido. Un olvido rotundo.

Siempre ocurre así porque no se sabe si el chasquido ha sido del cráneo o si, por el contrario, ha sido el árbol el que se ha quebrado. En cualquier caso, se le da la bienvenida a una nueva forma de vida, más jocunda si cabe. Puede que se roce la periferia mortal. Si el sujeto sobrevive, se hace más inteligente, más sabio. Cuanto más fuerte es el golpe, tanto más dulce es la recompensa, y es que menor es el número de recuerdos que se tiene del mundo.

Estas personas se vuelven diferentes, se convierten en zombis en un mundo de decrepitud, pero en un sentido muy diferente. Se vuelven extraños en un mundo desconocido, pero en un sentido muy peculiar.

El protagonista de este libro no consume demasiados recuerdos. El tejemaneje existencial lo ha arrollado al calambrazo de un accidente. Ha despertado en un mundo que ya no le pertenece. Así pues, la identidad de Hugo —porque así se llama nuestro héroe— se va a forjar en estas páginas. Se trata de una aventura quijotesca que lo mantiene en una activa persecución de las piezas de un puzle cuyo resultado final ignora. Una obsesión adiestradora de intuiciones, irreal —pero válida—, que todo lo quiere y que de todo se adueña.

Pero introduzcamos la causa inicial que dio pie a todo esto: el origen de las aventuras de Hugo se iniciaron tras lo siguiente:

«La lluvia... la lluvia borra los recuerdos», expresó Orión en una de muchas noches. Lo dijo para el hombre, en vocabulario humano y con acento nativo (no todo el universo se atreve a tratar con los humanos). Acaso lo dijo porque vio llover en la distancia. Llovía desde la constelación de Géminis, como quien vacía de sus arcas toda la vida acumulada. Géminis estaba ansiosa porque iba a ser su cumpleaños y quería ofrecer al Cosmos los víveres que había acumulado. Entonces... ¡Ay! De su impaciencia resbaló una cajita; una cajita que reservaba para Venus.

Un sucinto quejido fue lo único que dejó salir de su boca. Géminis quedó presa del pánico y, corriendo, dio la alarma de su descuido a Marte. Marte se lo comunicó a Luna, y Luna pidió permiso a Sol.

—¡Cómo! —exclamó—, ¡has de solucionarlo!

Luna, entonces, avisó con insistencia a Tierra. Envió brillos redondos, como de reflejos de reloj, pero de piedra lunar; parecía que Luna estaba guiñándole el ojo a Tierra para expresarle su reconocida complicidad.

—¡Pero qué! Por Saturno, ¿cómo ha sucedido? —preguntó Tierra.

Luna le comunicó lo sucedido.

Para solucionar el tremendo descuido, Tierra cambió los vientos de sentido, las aguas de dirección; incorporó frío al Sahara y calor al Everest. Provocó todo un desequilibrio con el fin de que aquella cajita terminara en buenas manos. Nada, por tanto, ocurrió por azar. La cajita cayó en Albacete. Un lugar remoto, un lugar como cualquier otro, pero sin ser otro; especial. Aterrizó en un jardín, secundado por la lluvia, en plena primavera, exactamente en el lugar donde Hugo la encontraría.

## I

—¿Qué haces?

—Estoy recordando.

—¿Estás recordando?

—Sí, la lluvia.

—¿Otra vez lo de antes? Tienes que olvidarlo.

—No puedo olvidarlo.

—No.

—Sí. Es así. Tengo que aceptarlo. Lo trajo el aguacero de anoche, tengo que encontrarlo.

—Canicas cayeron del cielo.

—Fue la lluvia. Estoy seguro de que lo trajo la lluvia.

—¿La lluvia?

—La lluvia. La imprevista lluvia lo trajo desde otro mundo. Seguramente viajaba a horcajadas de un rayo, o puede que sobre el lomo de una gota. Pero es que ¡cayeron tantas gotas!

—¡Llovió tanto!

—¿Por dónde empezar a buscar?

—¿Hasta dónde alcanzó la fuerza del viento?

—Lo confieso, tengo un problema.

—En las noticias han dicho que nunca se ha registrado tormenta igual.

—¡Ay! Qué mala suerte tengo. Era justo el día que el mundo me traía algo, el regalo que toda persona espera. Tanto más en mi situación... ¡No me mires así, Pablo! Por extraño que parezca, no dejo de perder cosas. ¡Cuántas vueltas de reloj tardaré en encontrarlo…!

—Hugo, el tiempo no tiene agujas…

—Pablo, sin agujas no existimos…

La cara de Hugo manifestaba angustia pero Pablo preparó el rescate:

—Sal a buscarlo y rastrea cada metro donde la lluvia empujó con fuerza. En los tejados, en las copas de los árboles, en las alas de las palomas y también en el pelo mojado de cuantos se cruzaron con la tormenta. Pero ¿qué estás buscando?

—Dios sepa qué estoy buscando, pero cayó anoche del cielo.

—Traza una prospección adecuada.

—¿Qué?

—Que busques con cabeza, Hugo.

—Vale —dijo, y comenzó una ruta circular por la cocina. Llegó hasta la nevera, la abrió, miró dentro, y como aquellas personas que encuentran las respuestas más valientes en los lugares más insospechados, la cerró para añadir—: empezaré por ponerle un nombre.

—¿Qué? ¿Cómo vas a poner nombre a algo que no conoces?

—Así sabré qué estoy buscando.

—Pero ¡si no sabes qué estás buscando!

—Por eso mismo, Pablo. Tengo que ponerle un nombre para que los vecinos puedan entenderme y así preguntarles si lo han visto. O para poder decir algo interesante al dependiente de la panadería, estoy cansado de intercambiar sonrisas falsas. O para tener una conversación mientras acaricio a los perros del parque, quizá ellos lo puedan olfatear.

El sol rayó el horizonte y Hugo todavía pensaba en el nombre de aquello que había caído del cielo.

«Pero si sólo nombrarlo se me hace imposible, ¿cómo convencerme de que podré encontrarlo?».

Un cansancio de brizna suave le hizo entrar en trance, y es que de tanto pensar y de tanto andar en círculos por el jardín por si encontraba allí lo que buscaba, dejó de notar que otra tormenta azotaba Albacete. Su ropa tenía el aspecto de un gato recién bañado. El rizo del flequillo planchado. Sus manos caían como graves a la hierba. Su espalda, delicadamente inclinada, se apoyaba en los omóplatos. El agua terminó por inundar todo. Nada importaba, Hugo-espantapájaros cerró los ojos.

Pablo, siempre como un loro, andaba repitiendo: «Hugo, no tienes paciencia. Hugo, paciencia. Paciencia, por favor». Parecía tener esta expresión cosida a la lengua, pero no le faltaba razón. Con frecuencia, por una u otra razón, Hugo se obsesionaba por algo y, divagando entre sus inquietudes, no paraba hasta resolver —y muchas veces hasta destruir— aquello que surgía en su pensamiento, y él acababa por caer también en sus propias ofuscaciones. Entonces, en clausura, había de pasar varios días en cama por petición de su hermano Pablo.

Al despuntar el alba, toda la ciudad despertó verde, era un mes de junio impredecible: podían darse días de caldera y otros más fríos, fríos como esos remojos obligados en las duchas de las piscinas públicas. Hugo amaneció en su cama.

*Pum, pum, pum.* La pared fronteriza de su habitación vibró.

*Pum, pum, pum,* contestó Hugo a la pared que hablaba. Era la primera conversación vespertina que mantenía con su hermano Pablo.

En la cocina ya penetraban los primeros rayos de luz. El ambiente estaba cargado de un olor agradable como es el olor del pan haciéndose a fuego lento.

—He tenido una desagradable pesadilla —expresó Hugo, y su tostada se balanceó en sus dedos.

—Yo he soñado algo muy raro también —contestó su hermano a medio bostezar—. Creo que salías tú...

Pero Hugo le interrumpió.

—He soñado que Amanda moría.

Pablo se atragantó, sus pupilas se dilataron y su rostro palideció.

—¿Amanda? ¿Quién es Amanda?

No hubo réplica. Todavía era muy temprano para untar la tostada y reinventar un sueño que se apagaba como el rescoldo de las barbacoas.

Pablo mermó la frente porque la luz corroía sus delicadas pupilas, o quizá agachó la cabeza por la presión que ejercían los pequeños pero afilados ojos azules de Hugo. En tanto que sus manos continuaron sudando, no sabía qué podía decir para hacer que su hermano restara importancia al nombre de Amanda y hacerle olvidar ese terrible sueño.

—Creo que no conocemos a ninguna Amanda —profirió nervioso.

Sus palabras sonaron trémulas y algo precipitadas. Pablo no quería dar lugar a sospechas, por eso añadió:

—Ha sido solamente un sueño, Hugo. —Y repitió—: No conocemos a ninguna Amanda.

Y nervioso, muy nervioso, como si de pronto hubiera desvelado un secreto por el cariz que habían tomado sus palabras, no pudo por menos que precipitarse e incidir:

—Solamente ha sido un sueño.

Hugo contestó:

—Sí, solamente ha sido un sueño.

Pero se podía apreciar que sus labios picoteaban todavía el nombre de Amanda. Y Pablo, con ojos exaltados, tropezó con la gran obsesión humana: se torturaba porque no sabía si sus palabras habrían sonado verídicas, y es que sentía que su gran secreto se le había atragantado en la garganta.

El silencio envolvió de nuevo la cocina. Un silencio que se espesó casi tanto como la mermelada. Sólo se escuchaba el jadeo del reloj de cocina. Emitía un tic-tac desproporcionado al tamaño que tenía su envoltura cristalina, y parecía desgañitarse con cada segundo.

Los dos hermanos cogieron el vaso de zumo para huir de la amarga sensación que los unía. Existía entre ellos un juego de miradas con convencimiento de presagio, y cada uno buscaba en el otro una señal o movimiento que desvelara aquello que podía estar escondiendo.

Hugo sospechó del silencio de su hermano, y Pablo sospechó que su silencio había gritado. Desayunaron y se marcharon a sus respectivos trabajos. Pablo trabaja vistiendo un traje elegante en un trabajo con más personas con trajes elegantes. Hugo era el jardinero de Albacete.

## II

«¡Rayos!, ¡olvidé preguntarle por aquella cosa que cayó del cielo!», prorrumpió Pablo en mitad de su trabajo.

«¡Diablos!, la que cayó anoche... ¡Los tulipanes!», prorrumpió Hugo en mitad del parque a viva voz, sin percatarse de que los tulipanes estaban, sin embargo, intactos.

Mientras Hugo continuaba buscando aquello que había presagiado (el regalo que el universo dejó caer del cielo), y mientras seguía pensando en el nombre con el que se referiría a éste, surgió del viento una figura.

—¡Buenos días! —expresó con jocunda felicidad de periquito aquella figura que traía tras ella unos coloridos pajarillos.

—Buenos días, Beatriz.

—No se puede ir por aquí. Voy a llegar perdida al trabajo —decía ella, refiriéndose a los charcos de agua que había allende la zona verde.

—Mejor ve por arriba. El parque está inundado.

—¿Y cómo hago para saludarte, Hugo?

—Me gritas desde arriba y yo acudo. ¿No ves cómo está todo?

A Beatriz la conocía porque siempre cogía el mismo camino para ir al trabajo. Beatriz era atractiva, de estatura mediana, con el pelo corto, liso y flequillo recto. La nariz respingona y sus mejillas remarcadas por el relieve de dos pómulos que se pronunciaban graciosamente. El olor que despedía era de frutos silvestres.

Hugo se agachó y miró entre la hierba.

—¿Qué haces? ¿Qué buscas? —preguntó ella.

—¡Ah!, estoy buscando una cosa.

—¿Qué has perdido?

—¿Yo? Nada.

—Entonces, ¿qué buscas?

—Aún no lo sé.

Beatriz se echó a reír.

—¡Qué gracioso eres, Hugo!

Hugo reflejó medio arco de sonrisa. Sus pupilas, ruborizadas, se quedaron sin un lugar donde apoyarse, entonces se clavaron en el bermellón del fondo.

—Están intactos —dijo más para él que para ella.

—¿El qué? —preguntó despistada Beatriz.

—¡Los tulipanes!

—¡Oh! Son preciosos. ¡Cómo brillan!

Hugo estiró sus combadas piernas y se acercó hacia las flores. Pasó sus manos por sus tallos. Las gotas de agua tomaron consistencia y en cuadrilla discurrieron por sus muñecas.

—¿Qué les pasa? —preguntó ella.

—Me pareció que me llamaban —respondió Hugo.

Beatriz se reía, y los tulipanes se relajaban al regocijo de las risas.

—Mucha casualidad hubiera sido —añadió él.

—¿El qué?

—Encontrarlo tan pronto.

Ella reía como una niña. Miró su reloj y se despidió porque llegaba tarde:

—Hugo, me voy corriendo. Me cuentas luego si encuentras eso.

—Vale.

—Hasta luego.

—Hasta luego.

El parque se animaba por segundos: las palomas despertaban, congestionadas por la lluvia; los pinos abrían sus brazos, y las ardillas organizaban sus travesuras. El color de la atmósfera metamorfoseaba de un azul verdoso a un naranja quemado. Todos los aromas se mezclaban.

«Sería agradable que un rayo de luz me indicara el camino hacia el regalo. ¡Llovió tanto...!». Entonces lo imaginaba como si fuese un cofre. Súbitamente, su mente viajaba a su infancia. La felicidad de un niño en busca de un tesoro perdido. Se tapaba con un pañuelo el ojo izquierdo, a modo de parche, pero muy pendiente con el otro de los mirones, y se adueñaba de las palomas del parque, a pesar de que ninguna se posaba en su hombro.

Sin embargo, estos momentos de plenitud se apagaban. Hugo pasaba de estar barriendo las hojas felizmente a tener ataques nerviosos. Su obsesión se incrementaba y su nerviosismo rozaba la paranoia.

Se alteraba al pensar que otra persona pudiera encontrar, antes que él, su tan apreciado regalo.

Lo sentía tan fuerte en su alma...

«¿Dónde me lo has dejado, Universo?», imploraba.

¿Pero cómo algo caído del cielo y todavía sin encontrar poseía ya jurisdicción, y por qué sentía Hugo que ese regalo tendría que ser para él? Sentía verdadero pánico de no ser la persona que lo encontrase, así que agilizó la búsqueda.

Se dirigió al señor C. Belmonte, petrificado en mármol por un escultor albaceteño en el parque Abelardo Sánchez.

—¿Viste anoche, entre la lluvia, un paquete para mí?

Pero la estatua solamente refunfuñó:

—¡Todavía me duele la cabeza!

—Es lo único que tienes —le advirtió—. ¿Viste algo?

—Me sentí clavo de un martillo.

Desistió.

«Todos los muertos vueltos en piedra son impertinentes».

Avanzó con su herramienta en la mano limpiando colillas y envoltorios de helados, hasta que un espontaneo cloqueo en el gallinero tomó como efecto la partida de una bandada de grajos. Él los siguió, quizá con la corazonada de una pista. Salían las hojas volando al paso de su velocidad, su testa en disposición de despegue, y el rastrillo de pértiga, como para tomar impulso y atravesar el cielo.

—¡Te vas a matar! —exclamó un pajarito en dialecto de codorniz.

Un destello capturó la atención del jardinero. Aminoró la marcha. Los grajos desaparecieron. Reflejos de hojalata, guiños de complicidad. Hugo encontró una caja.

## III

—¡Vamos, Hugo, dime qué había dentro! —le atajó Pablo, desesperado, pues a Hugo siempre le ha gustado transformar bagatelas en imperios.

—Un papel.

—¿Un papel? ¿Y ponía algo?

Las fasciculaciones de su párpado diestro sirvieron de respuesta.

—Sí. Llevaba escrito un nombre.

—¿Sí, cuál?

—«Amanda».

—¡Amanda! —repitió Pablo sorprendido. Sus músculos volvieron a entumecerse. Sin aliento, pues sus pulmones se olvidaron de respirar, pronunció para restar importancia—: ¿Y ya? ¿Sólo ponía Amanda?

—Sí, solamente llevaba el nombre escrito. Amanda. El mismo nombre que el del sueño de ayer —respondió, sin dejar de mirar un punto en el infinito.

Pablo se empezó a reír. Reía con recelo. Y, más que de recelo, Pablo reía porque era un buen recurso para hacerse el despistado y disimular que sabía mucho sobre el nombre de Amanda.

—¡Pues vaya mísero regalo te ha traído el Universo! —decía sarcástico, pero su fin era evitar sospechas. Su mirada, en cambio, no podía por menos de resaltar una información que quería evitar a toda costa.

—¿Sabes tú quién puede ser Amanda?

—Ni idea.

La silla chirrió con fuerza. Hugo se levantó de ella sin decir nada. Lo cierto es que, en lo más profundo de su pensamiento, sospechaba que su hermano pudiera saber quién era esa chica con la que soñaba y cuyo nombre estaba escrito en el interior del regalo que el Universo le había enviado.

No se avergonzaba porque sabía que detrás de ese papel existía una conexión con el señor que dirige las vicisitudes de las personas y del mundo.

Tumbado en la cama, todavía temblaba por descubrir quién sería Amanda. Agarraba el papel entre sus manos con la ansiedad de un drogadicto por inyectarse. «Amanda. ¿Quién eres, Amanda?».

Se obligaba a cerrar los ojos, como si en el interior de sus párpados se hallara la imagen de ella. Apretaba el nombre. Lo ponía a contraluz, como buscando en la textura del papel la celosía que permitiese acechar el contenido de esas palabras.

«Si Amanda es la chica que tengo que encontrar —pensaba Hugo—, debe de ser rubia; sí, seguro que es rubia. Una de esas rubias que visten siempre de color verde». Y a empellones marchaba por su imaginación caras y vestidos; cuellos, orejas y ojos, disponiéndose todos ellos, todos los rasgos, aleatoriamente al nombre de Amanda.

Como ya soñó con ella antes, estaba convencido de que, dejándose verter al manantial de los sueños, descubriría todos los rasgos de su futura mujer.

—Allí la descubriré, Pablo. En los sueños aparecerá Amanda.

—Que te presente a sus amigas.

Hugo estaba absorto imaginándosela.

—Debe ser un ángel.

—Tu ángel.

—Nunca imaginé enamorarme de un sueño. ¡Qué digo!, de una nota de papel.

—Los sueños calan la mente y también los huesos.

—Me besará como sólo se besa en los sueños.

—Esperemos que no la conozcas en una pesadilla, podrías acabar besando a un sapo.

—Los sapos se convierten en princesas.

—No, los sapos se convierten en príncipes.

—En mis sueños, los sapos son princesas; los pájaros, pianos; los árboles, flecos de colores nunca vistos; las mariquitas, confeti.

—¿La lluvia?

—El ritmo de nuestros corazones.

—¿El café?

—La prueba de que todo existe.

—Y ¿Amanda? ¿Qué será Amanda?

—Amanda es mi regalo.

—Hugo, ten paciencia. No se encuentran fácilmente estas cosas.

Pero él no lo dudó. Fue directo a la máquina de los sueños. Achicó sus pensamientos hasta dejar la sesera vacía. La almohada terminó empapada. «Así tendré más hueco para ella», argumentaba.

Sin embargo, despertó de aquella siesta de mal humor. Amanda no se dejó ver y Hugo lo achacó a que sólo aparecería en el ocaso de la noche.

No estuvo oportuno, y la herida de la impaciencia que le hizo alargar una siesta de tiempo estándar —media hora— a una de cuatro horas lo mantuvo despierto esa misma noche.

Intentaba por todos los medios conciliar el sueño, pero por ojos tenía platos y, por pupilas, cuevas con murciélagos con trastornos de insomnio. Tanto más descansado se sentía que sus pies entraron en tic; el canapé de la cama encontró un ritmo movedizo. A ritmo de tambores africanos, intentó la captura del sueño, pero, huidizo, se marchaba en notas musicales.

«Contaré ovejas». Se decía. Apenas era la una de la madrugada, pero ya intuía una larga noche de reflexiones.

Se preguntaba qué podía querer exactamente el Universo.

«¿Y si Amanda no es la Amanda que ya me he decidido a buscar?».

Entonces se incorporó a la velocidad del rayo, tanteó el interruptor, encendió la luz, prendió el ordenador y buscó en la red que nos conecta con el mundo pistas de este amor con el que se estaba obsesionando. En internet, su nombre era redirigido a la palabra *amar*. Volvió a la cama. «Es obvio, la amo».

El reloj de la cocina se escuchaba desde la habitación. Sus gritos manifestaban una tristeza destartalada. Eran ya las tres. Su habitación se mantenía entreabierta a lo extratemporal. Por fin, encontró un indicio a su búsqueda. Divagó con esfuerzo para decidirse por esta afirmación:

«Siempre achaco a mi mala suerte por perder cosas».

Era cierto, ya se lo había dicho a Pablo. Hugo perdía recuerdos y en sus huecos plantaba petunias. También andaba molesto porque perdía el tiempo: se miraba el brazo de las horas y hallaba la blanca sombra de un reloj de pulsera. Perdía, a veces, pensamientos, y las sinapsis de sus neuronas revoloteaban buscando nuevas figuras, como cuando se buscan figuras en las nubes.

Se quejaba y se hartaba. Estaba seguro de que la cajita había sido colocada para él. ¿Por qué? Carecía de respuestas, pero no de intuiciones. Intuía con la misma certeza con que el principito deshollinaba su volcán dormido, porque sabía que un día despertaría. Y es que lo que no se conoce, se piensa a la luz de una creencia, y la fe basta para que cualquier encuentro se convierta en el hallazgo de lo que se está buscando.

«Mi princesa y rubia dadivosa... Mi rubia de vestido verde... Amanda, te vas a convertir en el sentido de mi existencia. Serás mi presente, mi futuro, y también, Amanda, te va a convertir en mi pasado, porque no pienso recordar nada más que no sea a ti y tu nombre: Amanda, Amanda, Amanda...».

Hugo, por fin, se quedó dormido.

# IV

—¿QUÉ VAS A HACER?

—¿Hoy, domingo? —hizo una pausa—, podemos ir a pescar.

—Desde que murió papá no hemos ido a pescar.

—Se alegrará desde el cielo.

—¿Recuerdas cómo se llega al río?

Con dos morritos invocó el desconocimiento. No lo pensaron mucho. Cogieron las viejas cañas del sótano, llenaron el Volvo de gasolina, pararon para comprar cebos y se marcharon a por truchas.

A Pablo le pareció un milagro sacar a su hermano del piso. Durante dos semanas no pudo sacarle ni a comer pipas al banco de siempre. Llevaban tiempo sin salir de casa. Trasegaban con jarrones por no fregar, y es que el sofá se había convertido en el panteón de dos muertos vivientes acurrucados al sonido de la televisión. Conversaban, a veces, únicamente por miedo a que el otro dejase de respirar:

—¿A qué sabrá un saltamontes que nunca ha vivido en el monte? —preguntaba uno.

—¿Qué función tiene un tragaluz en un sótano? —respondía el otro.

Pero aquella mañana de sol ácido algo los abocó a ir de pesca. Serían cómplices del futuro, y el Universo —pensaba Hugo— les tenía preparado grandes sorpresas.

Pablo conducía con un instinto heroico. No cabe lugar a dudas, todas las personas al volante suelen sentirse únicas en la conducción; acaso las únicas cualificadas capaces de hacer lo imposible, por esquivar los imprevistos más difíciles. Ya puede venir un terremoto o un tornado, que los poderes de *superman* se activan en todos los humanos. Aunque luego, ya se sabe: los periódicos reflejan lo contrario.

Mientras Pablo dormía sus manos al timón, Hugo enfocaba los prismáticos a la vereda de los océanos terrestres, trémulos y brillantes, que perforaban las aguas calmadas con trigales y hortalizas. Albacete y sus tierras destilaban diamantes y perlas verdes.

—Creo, Pablo —le decía Hugo con sinceridad—, que este día lo vamos a recordar.

—¿Y eso, por qué?

—Tengo algo preparado.

—¿El qué?

—Ya lo verás.

El sol apenas se desplazó un poquito, parecía un sol quebrado en el tiempo y en el espacio. Los dos hermanos habían llegado a Alcalá del Júcar, y mientras preparaban las cañas para pescar, a Pablo ya se le había olvidado qué era aquello que Hugo había preparado.

De pronto, la caña de su hermano cedió ante el tirón brusco de una sombra azulada.

—Ahí lo tienes. Sácalo.

—¡No puedo!

—¡Tira!

—No sale el puñetero.

Las aguas estaban siendo sacudidas por dos fuerzas idénticas y, sin embargo, cada una lo hacía hacia una dirección. La vida de Hugo tiraba hacia afuera, y la vida del pez empujaba hacia adentro.

—¡Estira! —gritaba Pablo, que se desvivía siempre que de él no dependía algo.

Pero las sienes de Hugo acataron una orden harto distinta a los gritos de su hermano. El pescador, en un acceso de delirio, fue presa de un advenedizo imperativo por parte del Universo, de esos que se obedecen por curiosidad al futuro: Hugo se vio obligado a saltar al agua. No supo el motivo, pero la zambullida respondió colmando su espíritu con una burbuja de paz. Abrió los ojos para conocer a su presa debajo del agua y descubrió que lo que había pescado no había sido una trucha, había sido ¡un color!

Engullido en el torbellino del río, el pez era solamente una gama de naranjas.

Los colores existen porque están en las cosas, pero también existen colores que no quieren estar en ningún objeto para existir, entonces viven en el movimiento. Ese color naranja era muy rápido, parecía un trueno. Se contorsionaba sobre sí mismo, convulso, agitando el río con ímpetu. Era un color con carácter, y su existencia dependía de esconderse cual prófugo de un regimiento.

El naranja se despidió de él con una mirada que expresaba desafío: «¡Búscame!», parecían decir sus destellos. Tanto fue así que el corazón de Hugo se llenó de un deseo terco y pueril: su alma quería retenerlo para siempre.

Cuando lo vio alejarse, se dio cuenta de que aquel naranja bien pudo haber sido Amanda, pues, siguiéndolo con la mirada, había sentido ese sentimiento profundo que adolece en el pecho cuando se va un ser querido.

Salió del agua y las palabras herméticas de Pablo cobraron suspiro:

—¡Pero pedazo de loco! ¿Qué has hecho?

—Quería conocerlo.

—¿A las truchas? —Pablo se reía a más no poder, tomando las más sinceras carcajadas que están guardadas en ese lugar donde se guardan las risotadas de los momentos especiales. Hugo las acompañaba con buen semblante.

—Se ha ido. Creo que era mejor dejarla.

—Vas a llevar razón, de este día nos vamos a acordar siempre.

Comieron la tortilla que habían traído en una cesta de picnic y bebieron cerveza que refrigeraban en una nevera con hielos. Se oía en todo momento el fluir del agua, celestial. De vez en cuando, un destello naranja salía del agua —¿o entraba? (es imposible conocer los movimientos de los colores)—. La ropa de Hugo se secaba en los braceros que los árboles tienden a los ruiseñores.

Los dos hermanos se empeñaban en pausar el sol en el cielo, y aunque ya había vencido un poquito hacia el este, para ellos estaría pausado por siempre en sus corazones.

—¿Sabes ya quién es Amanda? —preguntó Pablo.

La pregunta había sido formulada justo cuando él también pensaba en ella.

—No, nada. Pero creo que me estaba equivocando... Creo que Amanda es solamente un nombre, no representa a nada ni a nadie. ¿Me tomarías por loco si te digo que antes he visto a Amanda en un pez? No..., Amanda no puede existir.

—No te entiendo, ¿por qué dices ahora eso?

—Le pedí al Universo que me trajese un regalo. Me trajo el nombre de Amanda. Dicho y hecho. Tengo el regalo y se llama Amanda, pero ¿quién es Amanda?, Amanda no es nada, y menos aún si de pronto me da por pensar que vive en el río. Mira, Pablo — le dijo desilusionado—, olvídate del tema. Si tú sabes quién es, dímelo, pero yo no quiero volverme loco. Es mejor olvidarlo.

—¿Por qué no va a existir? El Universo, como tú dices, te ha traído el nombre de Amanda. Pero es asombroso, Hugo, porque tú sabías que encontrarías algo. Tuviste una corazonada y se cumplió. ¿Por qué no le pides al Universo ahora encontrarte con Amanda? —Pablo hablaba con absoluta convicción, como si ya hubiese pensado el diálogo—. Yo no puedo ayudarte, no sé quién es, y aunque lo supiera, Hugo, es tarea tuya encontrarla. Amanda existe, estoy seguro. Sólo tienes que saber buscar.

Hugo quedó en vilo con las pupilas clavadas en la corriente del río.

—Ya no sé nada. Todo esto sólo son imaginaciones mías.

—A mí me has hecho creérmelas. Si se cree, existe.

—No sé. —Los ojos de Hugo eran ventanas vidriosas. Su corazón necesitaba escuchar esa clase de palabras—. Gracias. De verdad. Estoy loco, pero me haces sentirme un loco cabal.

—¡Vamos, Hugo! Encontremos a Amanda. Seguramente la búsqueda sea divertida.

Pablo, que había estado meditabundo en algunos momentos de la mañana, había decidido ayudarle en la búsqueda, y aunque él supiese mucho sobre el tema, dejó a su hermano alcanzar por sí mismo las verdades que atañían a este nombre.

—Espera —dijo Hugo—. Quiero hacer algo por ti. Dime qué deseas y se lo pido a mi buena suerte. Si es verdad que se cumplen mis deseos, dime qué deseas tú.

Una agradable brisa de amistad acarició el cabello castaño de Pablo. Sus labios cobraron una mueca sincera, y arqueándose levemente, sus mejillas se sonrojaron.

—Qué quiero... —pareció decirle al cielo, y sus ojos marrones se cerraron por la luz del sol—. Me gustaría viajar, viajar como viajábamos antes, pero más. Viajar por todo el mundo. ¿Recuerdas nuestros viajes?

Las cervezas le habían precipitado a formular una pregunta prohibida, por eso se adelantó a que contestara y continuó diciendo:

—Recordarás nuestros viajes cuando encuentres a Amanda... ¿Sabes qué otro deseo pediría? Me gustaría ser como tú. Es decir, me gustaría saber cómo es ser jardinero. Deseo ser jardinero por una semana.

Hugo rio ligeramente, todavía con los pensamientos que mecían las ramas de los árboles.

—¿Jardinero, por qué?

—Quiero quedarme con tu puesto de jardinero. Eso es.

Y se echó a reír.

Los dos reían. La mañana fue, al fin y al cabo, placentera.

De vuelta a Albacete, sintiendo ese desgarre que ata siempre a la vergüenza, comenzaron una broma que terminaría en la principal forma de búsqueda de Amanda. Pararon en un hostal solamente a preguntar por ella.

—Disculpa, ¿se aloja aquí Amanda? No, no sabemos sus apellidos, se nos acabaron los deseos, señorita.

Las risas de uno y otro armonizaban en la esencia de una tibia borrachera. La chica recepcionista buscó el nombre en la base de datos.

—No tenemos a ninguna Amanda registrada.

Todavía con la mofa en la boca se marcharon, riendo compenetrados.

—La encontraremos, Hugo. Confía en mí.

—¿Has pensado en que quizá Amanda no sea una chica, verdad? —añadió Hugo.

Y Pablo quedó mudo.

V

EL LUNES DESPERTÓ CON FUERZA. Aquella búsqueda era una dosis hemostática contra la depresión. Abrió la persiana veloz, para ver cuanto antes los tempranos rayos de sol; pero lo primero que advirtieron sus ojos fueron unos pajarillos alegres, revoloteando sin gravedad, danzando sin uso de reglas, ejecutando la obra maestra de la tranquilidad.

—Hemos madrugado para piar y mover un poquito las alas —pronunciaron en coro.

—Ya veo, ya. Desde aquí os movéis con esa precisión que tienen los pintores impresionistas.

Normalmente, no se perciben los mismos fenómenos que, por un lado, aprecian los ojos, y por otro lado, los que la mente procesa en los confines del espacio. Así, aquella mañana, el reflejo de cada mota de luz sobre un objeto le parecía a Hugo el regocijo con que la naturaleza baña a la vida; aunque, en cualquier otro momento, esos mismos destellos podrían significar una profunda incomodidad con la existencia.

—Nosotros no volamos como pensáis los humanos —piaron los pajarillos—, nosotros existimos en el aire.

—La naturaleza quiere que voléis —aclaraba Hugo.

—La naturaleza nos hace volar —repusieron—; a vosotros, caminar. Nosotros vivimos en el aire pero ¡no volamos!, solamente vivimos.

Pero aquella mañana Hugo no sólo veía volar a esos pajarillos sino que, en el batir de sus alas, veía auspicios del Universo. Y surcando el cielo estas criaturas, era imposible creer que estuvieran escribiendo en la gran paleta celeste «Amanda», pero Hugo así lo creía, y lo que se cree también lo aprecia la mirada. La vida se convirtió en un milagro.

Se despidió de los pintores del cielo y entró en la cocina.

—Pareces contento —manifestó Pablo.

—Veo las cosas diferentes hoy.

—¿Qué ves diferente?

—La pregunta sería: ¿cómo puedo, de pronto, ver diferente?

—Por tu ánimo. Ya sabes: «vaso medio lleno o medio vacío».

—¿Y qué hay de un vaso que esté completamente vacío?

—Entonces se estaría triste.

—¿Y por qué no alegre?

—Porque sólo se puede estar alegre si está lleno.

—¿Pero, y si ya se sabe adónde ir a llenarlo, no se estaría alegre?

—Es otra opción.

—Quiero llenar mi vaso, estoy sediento.

—¿Quieres más zumo?

—Quiero vida.

—¿Dónde vas a ir a llenarlo?

—No lo sé.

—Pero...

—Sólo sé que lo llenaré.

—¿Qué harás cuando lo llenes?

—Me iré de aquí.

—¿Adónde?

—Donde esté Amanda. Pablo, como te prometí ayer, si ella es agua, seré agua. Si Amanda es vida, seré vida.

—De modo que mi hermano se ha convertido en vaso.

—Estoy exangüe.

—¿Y Amanda?

—Amanda es mi regalo. Es el espíritu más puro que jamás voy a conocer.

El erotismo incrementó su fuerza desde que todo estaba en potencia de llamarse Amanda. Además, aquella mañana se sentía conectado a ella; la veía en todos lados. Tan sólo necesitaba encontrar un foco material donde proyectarla.

Le parecía verla en los reflejos de los colores de los coches, pero cuando sus pupilas acudían, sólo veía reflejada una verde hiedra creciendo por las paredes. Cuando le parecía verla en los tejados, los colores transformaban las figuras, y conforme andaba, Amanda tomaba la forma de antena y chimenea.

Ya había bajado al parque. El sol todavía pendía más del lado de la noche que de la mañana. Faltaba la ayuda de todos los trabajadores españoles, pues aunque el tópico dice: «Trabajamos para levantar el país», realmente se hace para sacar al sol de la noche, que a veces se atranca. Despertar es resucitar de la muerte.

—Hola, ¿eres tú lo que yo busco? —susurró a un perro que andaba buscando el olor de alguna flor.

El perro lo negó moviendo el rabo. No una vez, sino incontables veces.

—¿Me lo prestas? —preguntó al señor que sólo otorgaba un metro de libertad al animal.

—¿Cómo?

—Necesito soltar al chucho.

—¿Perdona?

Aquel hombrecillo parecía estar extasiado con la música que salía de sus auriculares, pues no escuchaba nada de lo que Hugo le decía.

—Oiga, no quiero molestarle. ¿Me oye?

—Claro que le oigo.

—Soltaré al perro.

—¡Pero qué idioteces está diciendo! —El hombrecillo, entre exabruptos, tiró bruscamente de la soga con que vejaba al buen y respetuoso animal.

El perro se alejaba a golpes de saña. Pero lo que extrañó a Hugo fue advertir, de pronto, cómo la libertad, aun con el poco espacio que tenía para olfatear, y aun a pesar de estar atada a un esclavizador que le denegaba las más deseosas farolas en las que orinar, ella, aun así, se estiraba, crecía y se desarrollaba en todo su esplendor. Porque la naturaleza vuelca todo su ser dentro de los límites que se le marca, y ese perro, a ojos de cualquiera, era extremadamente feliz.

Beatriz pasó en ese momento por ahí.

—¿Ha pasado algo, Hugo?

—¿Te has dado cuenta de lo poco que se necesita para ser feliz? —contestó él.

—¡Qué bien! Hoy te has despertado poético.

La poesía derretía el corazón de Beatriz.

—Felicidad es crecer. Felicidad es saber que, aún a pesar de las limitaciones, puedes expandirte por los lugares que te deja libre la vida.

—¿Cómo dices?

—La libertad es infinita, pero las limitaciones, no.

—Déjame que reflexione eso.

—¿Ves, acaso, a ese perro, infeliz? Pues está atado y a expensas de su dueño... Mira —continuó diciendo, y señaló con el dedo el talud circundante del parque—. Las ramas y raíces salen a la luz esquivando piedras y cemento.

—Sí.

—Las piedras y el cemento son las limitaciones, pero una vez que la planta supera estos obstáculos, se eleva, se abre y se llena de libertad: crece.

Pero Beatriz oía sin escuchar, más atenta a los labios de Hugo que a sus palabras. Puede ser que no fuese la poesía lo que deleitaba el corazón de Beatriz y fuesen, sin embargo, los poetas; alguien que anestesiara sus oídos con palabras grandilocuentes.

Se sabe que, a veces, la armonización de las palabras, la pomposidad de las oraciones, la ejecución de la frase con metáforas, todo ello actúa de trampolín para subir a las nubes, y es de las nubes de lo que se enamoran estas personas.

—La felicidad —seguía argumentando Hugo— es directamente proporcional a nuestra libertad. La única restricción que supera este infinito es cuando nosotros mismos nos convertimos en limitación, pues, en la naturaleza, o estás vivo, o eres obstáculo. «Ningún mar en calma hizo experto a un marinero», Beatriz.

Beatriz asentía casi más veloz que el andar de las palomas. Quiso detener con un beso al adulador de corazones, pero se conformó con una petición.

—¿Me acompañas?

—Claro.

Por el camino Hugo le contó la odisea de Amanda.

—No habrá nada, ni siquiera lo imposible, que me evite encontrarla.

Y ella, algo confusa, se sintió apenada, algo celosa, sin entender que aquel nombre de seis letras superaba un amor normal y corriente.

Los amores de los que estamos acostumbrados son terrestres. Amanda significaba un amor abstracto, perfecto, puro. El éter del vacío que colma los corazones infinitos.

—Ella podría estar en las corolas de las flores, respirando el universo —seguía argumentando Hugo.

—Si la encuentras, ¿te casarás con ella?

—Más que eso. Me uniré, literalmente, en amor con ella.

«Ojalá yo fuese Amanda», pensaba Beatriz, que no se creía que sólo por un estúpido nombre Hugo no se fijara en ella. Pero Beatriz no entendió que la realidad la forjan muchos mundos, y ella argumentaba sus desolaciones desde la caverna platónica de sus propios juicios.

Cuando llegaron al final del parque sucedió algo esporádico: lo misterioso de la vida, el repentino vuelco de las acciones, la salsa de las buenas comidas, la guinda de los cócteles: Beatriz, en un acceso de desesperación, enfado, deseo y celos, pronunció en un golpe de voz:

—Yo seré tu Amanda. Seré tu Amanda, Hugo.

Firme, muy firme en su petición, provocó que a Hugo se le cortase la respiración. Las solemnes palabras de su amiga provocaron el retroceso de aquella búsqueda. Nunca pensó que pudiera tropezar con cosas que se hicieran pasar por Amanda. ¿Existe tal disfraz?

—¿Cómo vas a poder ser Amanda? ¿A qué te refieres?

Y Beatriz, besándole en la boca, manifestó:

—Así.

Beatriz se hizo Amanda en ese beso, y Hugo lo notó.

# VI

Su sombra era una proyección lánguida de la confusión. Se trataba de la duda, y fue su compañera durante toda la mañana. Era negra y estirada. Subía a los árboles y después se precipitaba. Se inclinaba cuando pasaba cerca de los muros, se disolvía en la hierba, se escondía en las oscuridades, y a veces él mismo se asustaba al verla; pero, en todo momento, el fantasma de la duda se encontraba agarrado a los cordones de sus zapatos.

—No importa lo que corras. Te sigo porque soy tu sombra; te sigo porque soy tu sombra.

La primavera era cada vez más primavera, y Albacete se dejaba llenar por los sentimientos dulces de todos sus habitantes. Los albaricoques, en su punto, salían de clase para tomar las sombras de los pinos.

Bajo la fronda, estos frutos aprenden lo que en la escuela prohíben: la lisonja, los besos, la desnuda inocencia de la primavera... Primavera que, a veces, viene bajo la forma de un guiño, de un gesto... Y es que la vida, el buen tiempo, se recoge en caricias imprevistas: en el roce de dos almas, en telegramas desconocidos de esos que afirman estar ávidos por un beso. El buen tiempo sustituye cosenos por senos, números por orgasmos, literatura por ternura. El buen tiempo, que a veces es capaz de condensarse en un simple saludo, aflora en sensaciones, en colores, en olores, etcétera.

También los más sabios encontraban su espacio en el parque, aquellos que, con más años, son más jóvenes. Incólumes de las enfermedades. Paseantes de ruedas y de andadores dan el toque de veteranía a los bancos de todo el parque. Ellos, felices, en la cresta de la vida, esperan pacientes el romper de la ola.

¡El parque estaba frondoso por tanta variedad de personas que había!

Mientras tanto, la sombra de la duda perseguía a Hugo en sus quehaceres. Oscurecía los arriates de las rosas, y las espinas se clavaban hiriéndola. Luego, ennegrecía al hundirse en algunos charcos que se resistían a los rayos de sol, y en ellos calmaba las picaduras de las flores. Se arrastraba por los caminos, se metía en las papeleras y no desaparecía hasta que alguna nube borraba el fluorescente incansable.

—¿Vienes triste? —preguntó un niño con ojos orientales.

Y antes de que contestara, la duda habló por él:

—Dudo.

Otro niño, amigo del niño oriental, declaró:

—¡Ay!, como nosotros.

Y otro niño:

—La duda podría ser una pelota: lanzándola, sabríamos dónde quiere viajar.

Hugo siempre obedece las afirmaciones expuestas con sobreabundante claridad. Pidió la pelota que llevaba el niño y la golpeó diestramente, apuntando a la portería cuyos palos eran pinos. La duda golpeó en una de las ramas y rebotó hacia sus manos.

—¡Ay! —expresó con inocencia uno de los niños—, la duda siempre vuelve.

Hugo tomó sus pensamientos y siguió con sus labores de jardinería. Los niños continuaron golpeando la duda de sus vidas.

En su cabeza todo era un lío.

«¿Amanda... —Hacía una pausa— Beatriz? ¿Sería eso una combinación posible? ¿Amanda puede ser Beatriz? Pero el beso...—se decía mientras cerraba los ojos, procurando recuperar el tacto—, ¡me besó Amanda!».

En cualquier caso, no era la duda exactamente lo que colgaba de Hugo aquella mañana, fue aquella sintaxis labial. El beso tempranero que derritió el rocío boreal. La sensación almohadillada de una fusión.

Existen combinaciones entre fenómenos que parecen expresar, en su unión, la totalidad de su ser, como, por ejemplo, la combinación del café y la leche, la mermelada y la rebanada o, para que no sea todo al gusto del paladar, el agua y la luz, que armonizan en el fenómeno del arcoíris. ¡Qué perfectas composiciones! ¡Como si la vida se redujese únicamente a la espera de sus parejas!

Quizá no era acertado tratar a Beatriz como a Amanda, pero Hugo aprendió una cualidad de la auténtica Amanda gracias al beso. Ese beso era propiedad de Amanda, sin duda. Y la duda que arrastró le hacía preguntarse: "¿Cómo es posible? ¿Había robado Beatriz ese beso a Amanda? ¿Acaso ella sabe quién es Amanda?" La duda botaba y rebotaba.

Podemos expresar todo esto que inquietaba a Hugo en poesía bucólica:

Él era violín.

Amanda era música.

Y Beatriz, el diablo que atrevió a tocar un fa sostenido con sus dedos de amapola.

El concierto había comenzado.

Se hizo la hora en que el sol sonríe desde el cénit.

Hugo vio acercarse una figura, renqueante, contoneándose, bordeando la hilera de petunias. Era Beatriz. Se aproximó a ella.

Sus ojos, sus dudas, corrieron el tupido velo de la ignorancia, y Amanda, con sus rizos rubios y su tutú verde, se aproximó a él. Sus labios, que derrochan universo, se expandieron por los labios de Hugo, formando, con ternura, colisiones y destrozos con planetas, estrellas y galaxias. Sobrevolaban sobre ellos satélites en forma de pétalos de rosa.

La Luna, Marte, Venus y, por supuesto, la constelación de Géminis, no se perdían el espectáculo. La cajita de los deseos se abría: reflejos de obsidiana, destellos nacarados, la nebulosa del parque abrazaba el *ying* y el *yang* del universo: Amanda estaba en aquellos labios.

La tensión de la gravedad precipitaba en excitación cuando la respiración de uno era inhalada por los pulmones del otro. Sin embargo, la sospecha volvió a Hugo. Intentó salir de la ceguera, pero los brazos del sátiro todavía lo apresaban. Envuelto entre asteroides, pudo ver su sombra muy diferente a la que colgaba de él durante toda la mañana. No era ya la sombra estirada y esmirriada de antes. El astro, punto muerto de los movimientos del orbe del amor, había tomado la posición más alta del espectro, proyectando sombras cortas, como saneadas con precipitación. La duda seguía oscura, pero su contorno era rojo: del color del fuego. Era la sombra de la mentira, porque ella no era Amanda. Aun así, se arriesgó:

—¿Te apetece que comamos juntos? —le preguntó.

—Claro —respondió.

Decidieron ir a un restaurante en el emblemático Pasaje de Lodares.

Beatriz seguía nerviosa, no sabía muy bien qué decir:

—No esperaba así el día —decía—, no había preparado nada.

—Ah, ¿no? ¿Y el beso de esta mañana?

—Como comprenderás, el beso esperaba que me lo acabases dando tú. Pero te has vuelto loco buscando a la tía esa. Me he puesto nerviosa y te lo he acabado dando yo. Quizá un poco pronto. Sí, ha sido muy precipitado. ¿No te ha gustado?

Se escondía detrás de cada palabra, respondiendo ella sola.

—Me ha sorprendido... No sabía que...

—¿No? —le atajó con incredulidad, y una mirada escrutadora succionó las entrañas del jardinero buscando respuestas allí donde se encontrase la obviedad.

—No sé... quizá sí.

Beatriz se desilusionó. Pero nuevamente cogió carrerilla:

—Llevo meses tomando el camino largo para saludarte; meses esperando a que me invitaras a tomar un café un día.

—Lo tenía pensado, me caes muy bien...

El pasotismo de Hugo fue lo que a ella le llamó la atención, así que ya se esperaba respuestas tan pobres como ésa.

—Bueno, ¿y te ha gustado? —dijo sonrojada cambiando de tono, esperando, esta vez sí, una respuesta sincera. Aun así, tuvo que aclarar que se refería al beso.

—Ah —dijo él. Y se esforzó por transmitir una respuesta afirmativa, porque, efectivamente, lo era—: Pensaba que me estaba besando Amanda, me ha fascinado.

Titubeó, esta vez se había pasado de sinceridad. No sabía muy bien si aquello defraudaría a la chica. Luego reflexionaba: «Ha sido ella quien me ha besado con ese pretexto, la respuesta ha sido niquelada».

Ella se conformó con saber que le había gustado el beso.

—Pues te daré muchos más.

Hugo, que la miraba y veía a la chica de siempre de todas las mañanas: morena de pelo corto, ojos subrayados y nariz respingona, intentaba figurársela de otra manera, escrutándola desde otra perspectiva. Quería cambiar la imagen que de ella tenía, y, pensando en el beso con sabor a Amanda, buscaba más rasgos que pudiese encontrar de ésta. Se la imaginaba rubia, como en sus pensamientos. Cejas de media luna, y de ojos esmeraldas. Procuraba hacerlo con disimulo, pero sus pupilas se abalanzaban sobre la piel de su cara. Ella se sonrojaba. No tenía ni idea, sin embargo, que él intentaba representársela diferente, o, al menos, no tan Beatriz.

—¿Qué me miras tanto? —preguntó ella.

—Me he dado cuenta de que tienes dedos de pianista.

—Pues no toco el piano.

—¿No? Y... ¿tocas algo?

—No me gusta la música —contestó ella.

Y aquella respuesta resultó ser la puntilla que echó por tierra el esfuerzo por imaginársela diferente. Beatriz salió disparada de un manotazo hasta Chinchilla. Aun así, Hugo procuró no hacer notar en sus ojos lo poco que duraría una relación con ella.

El camarero apareció en la mesa.

—Yo tomaré vino —dijo la híbrida.

—Yo igual.

Y después de que se fuera, continuaron con otros temas.

Acabaron el primer plato enzarzándose en cuestiones que no llegaban a nada:

—Las calles deberían tener siempre alfombras, no sólo cuando hay rebajas.

—Nos comen el cerebro para que compremos.

—A mí me gusta comprar.

—A mí sólo me gustan las alfombras. En el trabajo me gusta descalzarme y andar sobre el césped.

Y después de un buen rato, en el epicentro de un silencio que era inmasticable, ella acercó su rostro con picardía a la cara de Hugo, como para capturar su libido; como para añadir algo diferente. Utilizó un registro nuevo, otro tono, otras palabras (palabras, seguramente, de otra naturaleza):

—¿Qué tal lo hago? —dijo en voz baja.

Hugo sabía a qué se estaba refiriendo por la sensualidad con que empezó a mover los hombros, y respondió:

—Todavía te encuentro muy Beatriz. Pero es que no sé cómo es Amanda. Deberías... deberías mostrármelo.

—Tengo disfraces en casa. Podría hacer pasarela y la eliges.

—¿Disfraces?

Los colores se posaron de pronto en los mofletes de la insegura joven. Bebió vino. Se encontraba presa y sin salida. Creyó haber desvelado que entre sus disfraces también se encontraban los de seducción.

Cada vez que levantaba la barbilla para continuar la conversación se encontraba con los ojos de Hugo, que eran espejos, y en el reflejo se veía sujetando no una copa, sino una fusta. Las miradas, a partir de ese momento, fueron fogonazos.

—Sí, tengo muchos. Ya sabes, de los carnavales.

Los ojos se volvieron a encontrar. El camaleón volvía a cambiar de color.

Hugo sintió fiebre. Retomó la cuestión de la música, pues era un tema que le traía de cabeza. Quería cerrar aquel asunto para saber si dar carpetazo a la mentira.

—Entonces, ¿no escuchas nada de música?

—Oh, por supuesto que sí. Me gusta ponerla de fondo.

—¿Y qué haces mientras tanto?

—Las cosas de casa: leer, preparar la comida..., ya sabes.

La cara de Hugo se volvió inexpresiva, como muerta. Tomó aire fuertemente y, cuando el camarero se acercó a la mesa, expresó vaciando sus pulmones:

—¡Camarero! La cuenta.

Así concluyó el primer engaño. Amanda se disolvió en cenizas y las cenizas fueron depuradas por el aire. El restaurante olía a aire de Amanda, pero se mitigó en cuanto se escuchó el puntapié que dio Hugo a la silla para poder salir.

—¿Seis?, ¿solamente has durado seis horas? —Pablo no daba crédito.

—¡No le gustaba la música! —repetía Hugo—. Y, encima, la utilizaba de fondo, cuando tú sabes que lo único que puede actuar de fondo es, a lo sumo, la lluvia, que nos envuelve con su manto. ¿Qué más? Nada más, hermano. La música la llevamos en el corazón. La música podría ser nuestra propia vida. Ella era el diablo, era la mentira, era un sileno cojo. No estábamos hechos para estar juntos. No. No me mires así. Has olvidado lo que yo estaba buscando. Ella no era Amanda.

—Ay, hermano. Te acabarás dando cuenta de que la vida hay que disfrutarla. Hay que comer de los dulces que nos caen del cielo.

—Este dulce estaba envenenado. Parece que no quieras entenderme.

—Ese dulce iba a hacer pasarela con disfraces.

Hugo se reía, no tenía que haberle contado lo que pudo ver en la translúcida frente de Beatriz cuando sacó el tema de los disfraces.

—Anda, anda —contestó para que se callase.

—Y, ahora, ¿qué?

—He pensado en salir; irme de viaje.

—Ay, pero yo no puedo, tengo todavía trabajo.

—No importa, iré solo.

—¿Adónde quieres ir?

—A la playa.

# VII

SIN PERDER SU OBSESIÓN, sacó del armario las maletas. Se preocupó más por meter los accesorios que
posibilitaran una búsqueda más cómoda que de su
propia ropa. Crema, para aguantar más tiempo debajo del sol y no mermar la pesquisa. Y para sus ojos:
gafas; para contemplar con pureza las siluetas que
puedan emerger a trasluz. Se llevó, por supuesto, el
kit de submarinismo que aún conservaba de su infancia. «¿Quién dice que mi objeto de deseo no pueda ser una hermosa nereida?». Y al pronunciar este
nombre se le llenó la boca de caramelo, y en seguida
agradeció no haber utilizado el término *sirena*, como
emplea comúnmente todo el mundo, pues el nombre de Nereida le parecía tan profundo como el de
Amanda.

En todas las personas existen formas abstrac-
tas potenciadoras: son personas, son deseos, son, a
veces, objetos. Todas ellas son, al final, obsesiones.
Hay personas que viven por y para el deporte. Tanto
más abocadas al ejercicio cuanto que las lesiones los
vuelca a la desesperación. Tenemos, por otro lado, y
por poner más ejemplos, a un archiconocido perso-
naje que se obsesionó con las lecturas de caballería;
su vida, hoy, puede leerse en las páginas de un libro,
y por cierto, en muchísimos idiomas.

Muchas personas pernoctan con un nombre en la cabeza porque lo alimentan durante el día; otras no duermen por las noches porque lo que ansían son los paseos a la cocina. Las obsesiones son variadas: amor, celos, música, dendrología, películas, campanas, búhos de porcelana... Y para no negar el problema, muchos cambian el nombre de *obsesión* por el de *colección.*

—Yo, sellos.

—Yo, monedas.

—Yo, piedras.

—Yo, panoplias.

Nos podemos encontrar con colecciones variopintas. Por ejemplo, las personas de bata blanca coleccionan pacientes (aunque en una lista negra apuntan, con lágrimas de soledad, ángeles que suben al cielo a través de sus estetoscopios). Los policías pueden coleccionar cacos, y los criminales, si están muy tarados, coleccionan asesinatos. Los jueces están obsesionados con apuntalar su mesa con un mallete, y los superhéroes, tenaces por defender adjetivos trillados, a menudo se lían entre conceptos como el de *bien* y el de *mal,* pues se sabe que los conceptos con el tiempo se vacían, y allí plantan ellos sus logros, sus hazañas y, algunos, las flores propias del pundonor.

Hugo comenzó a alcoholizarse de piezas de puzle, porque desde que Beatriz le besó en la boca comprendió que su Amanda armonizaba en partículas diminutas; completarla se convertía en su nueva obsesión. Ya no se trataba de buscarla *in situ,* sino de robarla en distintas partes para conformarla. Cuando tuvo la maleta completa, introdujo con precaución, entre las toallas, la primera pieza de su colección.

Chequeó el billete en la nueva estación de trenes. Un billete hacia la costa blanca más caro que antaño, porque ahora la moda es arruinar al pobre, que suele ser el visionario, el que más sueña con vivir.

En las juntas de los vagones trabajaban jóvenes azafatas que ayudaban al viajero a encontrar su plaza. Hugo entró despistado. Una de ellas se refirió a él:

—Caballero, ¿me permite el billete?

Asintió. El timbre de voz de la azafata era aterciopelado. Su figura, muy típica de las modelos de un pintor francés. En ese momento se encontraba agachado, cogiendo la maleta, y sin querer, sus ojos se precipitaron contra la falda bermellón que vestía la azafata. Se irguió raudo para buscar con sus ojos los de ella; para regalarle, como es común, una sonrisa de gratitud. Pero en el camino su mente tropezó con algo. Inclinó de soslayo un haz de ojos zarcos. Vio que sobre el corazón de la chica tenía colocado un plastiquito con su nombre. ¡Se trataba del mismo nombre que encontró dentro de la caja! ¡Amanda!

«¿Está jugando conmigo?», pensó por un breve momento, pues su mente maquinaba que bien pudo ella lanzar cajitas con su nombre por diferentes parques de España.

—Amanda, ¿Amanda?

—Amanda. Amanda, sí. ¿Y usted, caballero?

La sonrisa de la preciosa azafata cavó un agujero en el corazón de Hugo, con intención de quedarse para siempre.

—Soy Hugo.

—Por aquí, Hugo. El treinta y seis, junto a la ventana.

—Muchas gracias.

—De nada.

Y se marchó.

Mas los labios de Hugo susurraban aquel nombre sin perder de vista a la chica por el pasillo. ¿Quién se lo podía esperar? Aquella sensación lo llenó de las mismas palabras que Beatriz utilizó en la punta del parque: «No tengo preparado nada». Y dudó de si esta vez le tocaba a él propinarle un beso a la desconocida.

Sin poder resistir las turbulencias de su corazón, la siguió. La azafata avanzó por el corredor, Hugo la seguía más torpe. Recorrió varios vagones. De pronto, sonó la bocina con el mismo sonido que las ollas, y en ese momento vio cómo tropezaba la joven con el asa de una mochila mal situada. Él, que siempre ha soñado con socorrer a personas en apuros, sobre todo si se trata de tan refinadas beldades, se quedó fijamente mirando cómo se ayudaba de la mano de otro pasajero. Aquello le produjo un dolor insoportable que recorrió de arriba abajo su sistema linfático.

Fue al lugar del tropiezo. El tren estaba a punto de partir. En el último segundo, las puertas, que se cerraban, pudieron rescatar un último hilo de luz que hizo brillar un botón perdido. Un botón aún vivo, en movimiento, con pulso y fresco. Se había desprendido de la chaqueta de seda de la azafata. Se agachó a cogerlo y lo apretó entre sus dedos igual que hizo con el papel arrugado que encontró en la caja, y después lo guardó en su bolsillo.

Su sangre bullía como bulle el agua con el fuego, revelando una conexión dinamitada. Y así fue coleccionando distintas partes de ese puzle que acabarían por conformar a Amanda. Eran las piezas de un rompecabezas y también los objetos que comenzaron a dar sentido a su vida. Aquel botón ya era parte de la musa.

Hugo pasó de perder todo a encontrarlo.

Recién pasado Almansa, el niño que tenía enfrente le sonreía, e intercambiaron alguna cara graciosa. Éste, después, con aires de libertad, se colocó los lentes del revés y añadió con pocos dientes:

—Así puedo ver la vida del revés.

Hugo no se esperaba aquel comentario, y lo cierto es que le iba a cambiar la vida.

«¿Cómo? ¿Aquello sería posible? ¿Cómo sería la vida del revés?», se preguntaba.

Aquello le chocó de verdad. El niño estaba argumentando que, girando las gafas, se podía ver el universo patas arriba. Sus facciones comenzaron a tomar la forma de la incredulidad. Quiso quitarle las gafas para comprobar su testimonio, y es que su cuerpo se había enguizgado de este placer. "Deseo ver el mundo distinto".

Pensó y repensó cómo podía girarlo él.

«Volteando los ojos veríamos todo boca abajo, por lo que no es válido el argumento. Lo que quiero es ver la vida del revés, no sólo boca abajo —Agudizó el pensamiento—: Si las agujas del tiempo cambiaran la dirección..., la vida retrocedería... No, tampoco me vale».

¿Cómo pasar del haz de la vida al envés?

Entonces el tren atravesó un túnel, y en su salida, un muro pintado con spray, decía: *No hagas lo propio, haz lo descabellado.*

Hugo siguió el consejo; había encontrado la respuesta que buscaba.

En lo que llevaba de mes había entablado mejores conversaciones con el Universo que con humanos.

—No hagas lo propio, haz lo descabellado —le dijo al jovencito—. No se ve la vida del revés girando los lentes. Haz lo contrario a lo común y verás la vida con certeza boca abajo. —Y se despidió.

El tren fue perdiendo fuerza; habían llegado a Alicante. Caminó por el angosto pasillo de zapatos y pies mal colocados. Recogió la maleta, y en el mismo pasillo se encontró con la azafata de nombre Amanda. Hugo estaba desbocado.

Al haberse convencido de que el reverso de la vida existía, mudó la vergüenza por la convicción. Se situó frente a ella y como un loro le increpó:

—Eres Amanda por tus ojos, que son como yo los imaginaba: esmeraldas verdes. No puedo llevarme tu alma porque no soy caprichoso, nada más que con tu botón te recordaré siempre.

Las puertas se abrieron y Hugo huyó.

La cara de Amanda se pintó de nácar y las mejillas arreboles de un cielo confundido. Corrió tras él, preñada del absurdo de una vida del revés. Hugo se disgregó entre la multitud y ya jamás pudo darle las gracias.

Cuando alguien nos muestra que la vida puede ser diferente, hay que ser agradecido. Un regalo complace las dos partes. Deberíamos regalar más botones a los desconocidos.

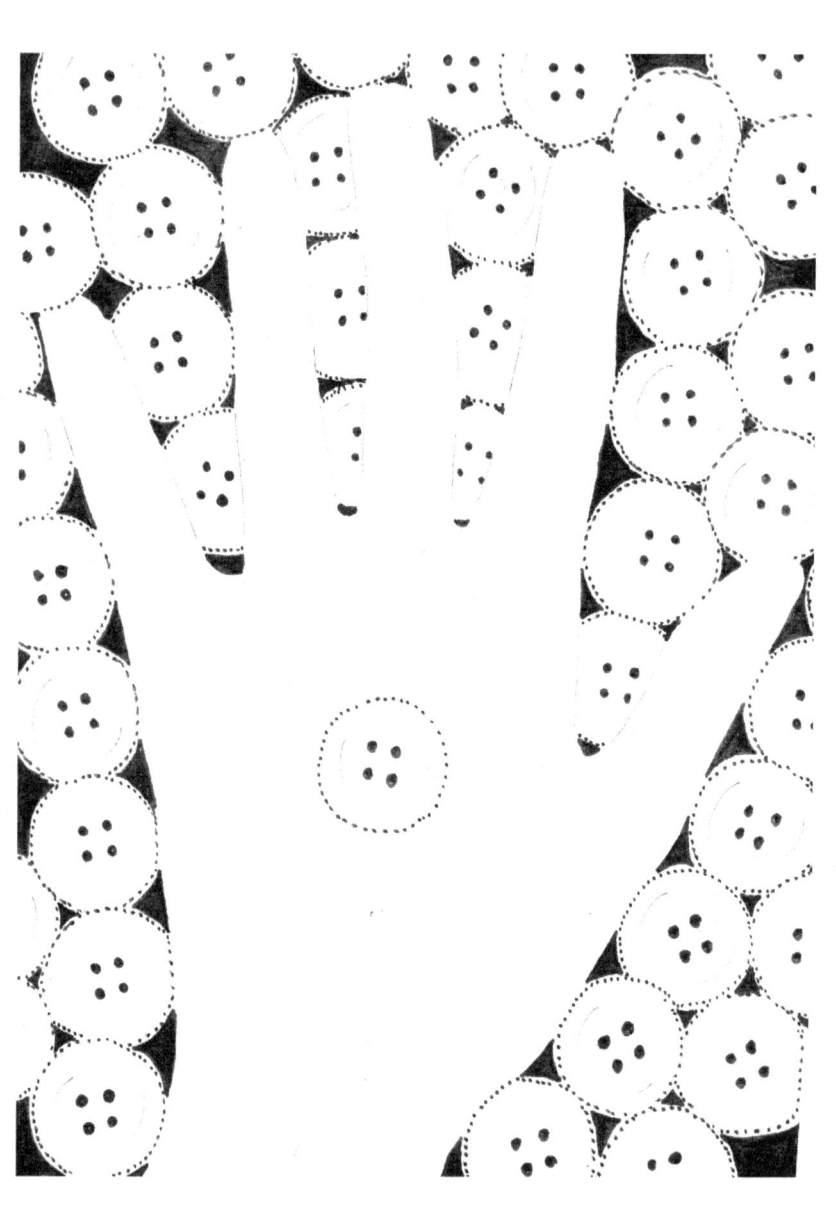

# VIII

LA MIRADA DE HUGO REFLEJABA un color verde limón. Nunca tanto amarillo y tanto azul había servido para que el iris de sus ojos mezclasen los pigmentos de un sol sediento de agua y un océano envidioso de luz.

Lo primero que se hace al llegar a la playa es clavar la sombrilla. Se retira la arena de un punto como si se intentara cavar un pozo. A continuación, se clava la lanza de hierro en el agujero cavado, análogo a nuestras pupilas clavándose en los rostros de las personas. Pero hay que llevar cuidado una vez se monte el campamento base. Las sombrillas que alternan en sus telas franjas blancas y amarillas son muy dadas al camuflaje, y una vez nos separamos de la toalla, se necesita de un profesional que nos solucione el camino de vuelta. Por eso, el mejor quitasol no es el que más sombra da, sino el que más se distingue de los demás.

Los veraneantes de playas se piensan que sus miradas pasan inadvertidas, que, como hay tantas, una más no va a tener relevancia. Lo cierto es que en la playa se clavan más miradas que sombrillas. Éstas atraviesan en escorzo, en diagonal, en paralelo... Las menos que se dan son las que se pierden en los rayos de sol, que vuelven quemadas. Hay miradas que cruzan el horizonte y nunca regresan, son miradas cóncavas que adoptan la forma de la Tierra. Otras se hacen cristalinas en el agua y, avizoras, buscan el peligro de las medusas.

Los ojos, en la playa, no están quietos. Todas las pupilas hablan e intentan alcanzar con el alma distintos objetivos. Se precipitan por ver más allá. Se dilatan para ver más naturaleza. Y es que la playa es uno de los lugares que más naturaleza concentra.

No obstante, todas o casi todas las miradas de playa quedan insatisfechas: bien porque el cristal de la gafa impide los mensajes de regreso, bien porque no se está preparado a mantener una conversación de dar y recibir, y es que, en este último caso, se gira sin disimulo las negras pupilas para un lado, y, de forma azorada, de vez en vez, se vierte una lágrima. Estas lágrimas tienen por defecto ser cobardes y necesitan, más que nadie, ver la vida del revés.

Hugo miraba ávido por encontrar —y también por corresponder— otras tantas pupilas fundidas en el azul mediterráneo. Sólo cuando se mira con intención de corresponder y agradar, los labios acompañan el viaje de nuestros ojos, sonriendo a las sonrisas de aquellos que también quieren comunicarse. Por eso, la playa es un lugar feliz: ¡se concentran tantas miradas...!, tantas de ellas tan alegres, tan distintas, tan extranjeras... ¡Existen tantas sonrisas...! Se puede conocer tanto a través de unos ojos... Existe tanta sublimidad en el arte del parpadeo...

Hugo expresó uno de estos arcos de media punta a un grupo de amigos que volvían del agua a sus toallas. Nadie deja pasar una combinación tan preciosa como es la sonrisa de una mirada sincera. Todo el grupo de amigos contestaron. Algunos sonriendo con las cejas; otros, con un liviano toque de pupilas, y un par, incluso, lo completaron con palabras:

—Buenos días —uno.

—Buenos días —otro.

Las miradas sonrientes son las que hacen amigos. A lo largo de la mañana intercambió con este grupo más de cinco, y después del último baño, lo acabaron por invitar a una partida de cartas.

Después de que se hubieran conocido, realizaron algunas preguntas al misterioso hombre solitario de tez morena y flácidos músculos llamado Hugo y apellidado García.

—¿Has venido solo a la playa? —preguntó el más flaco.

—¿Has venido a ver a alguna chica? —preguntó el rubio, y en sus ojos se podía ver que medía la edad que les distaba y, con el rabillo, advertía una cana brillante que tenía en el remolino del flequillo.

Otro de los presentes, el que se parecía a un escritor gordo español:

—¡Está buscando a su media naranja!

Hugo al final contestó:

—No. No estoy buscando medias naranjas. Soy más de exprimirlas y bebérmelas al natural.

—Con su azúcar, ¿eh? Azúcar moreno.

—Yo haré lo mismo de mayor —se animó a decir otro—. Vendré sólo a la playa para ligar. Las playas están repletas de... —E hizo un sonido gutural.

—¿Estás enamorado, Hugo? —preguntó el más sensato, el más atractivo, el del tirabuzón en el flequillo.

—Creo estarlo. Pero todavía no sé de qué... No sé de quién.

El flacucho volvió a realizar la pregunta que lanzó al principio:

—Entonces, ¿has venido solo a la playa para enamorarte de alguien?

—He venido solo, sí. Estoy buscando a Amanda. ¿Conocéis vosotros a Amanda?

—¿Amanda? Tenemos una amiga que se llama así.

—No, no me estáis entendiendo. Amanda es el secreto de la vida. Dime, ¿cuál es tu secreto? —preguntó al del tirabuzón.

—¿Mi secreto?

Permaneció callado. Fueron sus amigos los que respondieron por él: «Su secreto es que es gay; es un bribón...».

—Amanda es lo desconocido —contestó Hugo, haciéndose escuchar—, lo que veis en todos lados, lo que os hace sonreír cuando recordáis algo divertido; lo que os hace llorar cuando regresa el dolor de una voz que os amenazó. Amanda es lo que os embarga cuando oléis un plato de canelones y os recuerda a vuestra abuela. Lo que recordáis cuando despertáis. Amanda es la necesidad de aire cuando os sumergís en el agua; es lo que os quita el miedo cuando os envalentonáis. Es el susto que doblega al hipo.

»Yo llevo buscando a Amanda desde que nací, pero desde hace una semana no sabía cómo se llamaba. Ahora, por fin puedo representarme este sentimiento bajo un nombre, porque el hombre aprende con conceptos; sin ellos, no sabríamos nada sobre la vida, nada sobre el entorno, nada sobre nosotros.

»Existen los conceptos porque recordamos, y las experiencias van hacinándose en ellos. Como el concepto *amor*. El término *amor* engloba el amor en general; pero ¿y el tuyo?, ¿y el suyo?, ¿y el mío...? —Iba señalando con el dedo—. Ese sentimiento que cada uno de nosotros manifestamos en nuestro espíritu no tiene nombre: es incoloro, es insípido, es como el agua, que se necesita pero no sabe a nada; solamente la necesitamos para vivir. Mi amor se llama Amanda y, aunque sienta a Amanda en el horizonte de esta costa, o en el giro de la copa de las sombrillas peleando con la luz del sol, no me hago con Amanda en este mundo material.

»Ojalá pudiera vivir en el éter de la nada, en el aire que respira mi alma, en la materia intangible donde descansa el espíritu de cada ser, pues allí sí que podría abrazar a esta musa que es Amanda... y deleitarme... —Hizo una pausa—, deleitarme entre sus brazos inmateriales. Podría hacer con ella el amor: un amor impalpable, incontable, universal..., eterno. Pero, mirad —dijo sacándose una concha del bolsillo del bañador—: de momento solamente la he encontrado en esta concha. Y, ayer, la encontré en un botón. Vosotros necesitáis los conceptos con los que vais a construir vuestra vida; si tomáis los ya existentes, recordad que estaréis viviendo vidas ajenas, nunca la vuestra.

Los chicos quedaron ensimismados, perdidos en la atmósfera del aire, como escuchando todavía el eco de su voz; persiguiendo las palabras que se escapaban y que no estaban dispuestos a aceptar que desaparecieran.

Uno de ellos —el rubio— por fin dijo:

—Necesito un nombre.

Hugo le respondió atentamente:

—El Universo te lo dará.

—¿El Universo? —preguntó otro.

—El Universo es el que sopla los vientos de la Tierra: pone frío en el Sahara y calor en el Everest. Nos trae lo que nos pertenece. Te traerá un nombre. Sólo tienes que saber que ese nombre es para ti.

El que se parecía al escritor español se levantó bruscamente para buscar él también un nombre, su nombre. Supongo que algo sintió, porque salió despedido con la mirada fijada en un punto. Pero en la playa se mezclaban todos los ruidos y ningún nombre podría escucharse. Era cosa difícil.

Mientras Hugo hablaba, las cartas se habían quedado sobre las toallas suplicando atención, en una posición incómoda, desordenada. Algunas, boca arriba; otras, encajadas en la arena... Pero las cartas del destino ya estaban echadas y todas las que podían ser jugadas en ese momento apenas valían como entretenimiento. Un entretenimiento mustio que puede llegar a matar, como las cartas de los casinos, esos sitios donde las cartas susurran en los oídos y se meten a cal y canto en los bolsillos de los jugadores trajeados, y ahí se quedan para siempre. Los casinos son la antesala del vicio, de la suerte, de la muerte.

Hugo se despidió, aunque todos los días que bajó a la playa se encontraba a aquellos jóvenes.

Los veía paseando por la orilla, ora relacionándose con chicas, ora jugando con las palas... Pero siempre los veía cariacontecidos, como con un rasgo en las caras distinto al que tenían cuando los conoció. Habían sido contagiados de Amanda, y la búsqueda enfermiza de sus respectivos secretos enraizó en sus cabezas. Tenían el mismo brillo de ojos que Hugo cuando anduvo buscando desesperado a Amanda en los sueños. Se les dibujaba las facciones distintas, como si en el pliego de sus párpados colgase la lágrima de la impaciencia.

Sus rostros blanquecinos necesitaban más ayuda, entonces interrumpían los paseos de Hugo cada vez que se lo encontraban:

—¡Hugo, Hugo!, ¿crees que el nombre que busco pueda estar debajo del agua, escrito en alguna caracola?

Pero él respondía cada vez más con palabras de otro lugar y muy propias de la vida del revés. Decía:

—No hagáis lo propio, haced lo descabellado. Buscad bien debajo del agua, pero no os olvidéis del agua que cae del cielo. Los mensajes del Universo son compatibles con las leyes newtonianas.

A lo que ellos, cada vez, entendían menos.

El abismo se abría más y más, tal y como se abre la distancia entre dos jugadores de palas a medida que juegan y pasa el tiempo. Porque cada vez golpean mejor la pelota y se les hace más entretenido espaciarse. Por eso, el espacio y el tiempo siempre van unidos, y cuanto más tiempo transcurre, mayor es el espacio de cualquier cosa en relación a otra, y aunque el hombre quiera que en otros asuntos ocurra inversamente —como en los asuntos de corazón—, que a más tiempo, menos espacio (entre amante y amado), sigue, sin embargo, el mismo esquema: el tiempo distancia y el espacio se dilata. Es deber buscar nuevos intereses entre estos espacios.

En la vida que nos ha tocado vivir, que es la material, estamos presos en esto. El tiempo se fosiliza para revivir únicamente en los recuerdos.

## IX

Cuando el teléfono habla, es imposible hacerlo callar. Sólo atienden a este aparato los seres de inteligencia. Para muchos animales el ruido del teléfono es un elemento intransigente más, y por eso pueden considerarse falsos-inteligentes; acaban siendo más listos que la especie humana.

—Diga —dijo Hugo después de descolgar el teléfono.

«Hola», pudo escucharse detrás de la caracola con timbre ventricular, de alguien que pronuncia de corazón.

Apenas eran las nueve de la mañana. Era el cuarto día que pasaba en el hotel V. de la playa del Carabassi, y nunca había sonado el teléfono de aquella manera.

—Hola, ¿quién es?

—Soy Amanda.

—¿Amanda?

Los dos corazones se unieron por el cable de cobre de los celulares, y cuando los bombeos de cada uno se cruzaban, se oía una fuerte interferencia. Un ruido roto que sonaba a silencio y que se sentía como a quien le falta una dosis de oxígeno.

—¿Eres tú?

—Sí —contestó la caracola. —¿Sabes quién soy?

—Claro —declaró Hugo.

Los labios de Hugo dibujaron una sonrisa.

—¿Quieres verme?

—Claro. ¡Estoy buscándote como un loco!

—Baja a la piscina a las doce. Allí nos veremos.

La respiración, que se escuchaba detrás del hilo como si estuviera allí mismo el pecho de Amanda, se convirtió, en un abrir y cerrar de ojos, en el sonido más espantoso que puede uno imaginar: el sonido que emite la maquinaria pesada al echar marcha atrás. Era el pitido final que avisaba del final de la llamada, el que suena detrás del auricular, el que se convierte siempre en punzadas siniestras. El *pipipi* de una afilada lanceta que de forma insistente, ajustada, rítmica e infinita se clava, primero, en el tímpano, y después, en el corazón.

Hugo bajó a desayunar un poco extrañado por lo que acababa de pasar. Bajando, se preguntaba si lo habría soñado, si el teléfono había sonado en su interior o de verdad. Ya no lo sabía.

El salón de comidas era espectacular, tanto, que cansaba mirarlo. Las mayores perfecciones son, en el fondo, las que tienen algo de imperfectas, y por eso nunca se agota el ojo en interpretar las grandes imperfecciones del arte. Este salón, cuya imperfección era su perfección, daba con sus ventanas al mar, convirtiendo el café en café al mar, y los churros, churros bañados en mar.

Su reloj no podía ir más rápido a pesar de su concentración sobre éste. En ese momento recordó las palabras de su hermano: «Hugo, ten paciencia», mas le era imposible seguir sus consejos. Presionaba concienzudamente a las agujas para que agilizasen sus movimientos, para que las doce corrieran más rápido. Sentía la necesidad de averiguar si aquella llamada había existido de verdad; si conocería a Amanda, o no.

Terminó el café y el zumo y corrió a su habitación para mirarse por última vez en el espejo y comprobar si llevaba bien colocada la vida, que hoy, para dar buena imagen, se la había colocado del derecho, dejando la vida al revés para otro momento.

El reloj se fatigaba, por lo que decidió llevarlo al mar y que descansase con el dulce balanceo de las olas. Confiaba plenamente en él, y de su salud dependía llegar puntual a la cita.

A las doce estaba ya en una de esas poltronas que hacían recordar a las *chaise-longue* de la *Montaña mágica*. Esperaba Hugo recostado en la silla como esperaba Hans Castorp su cura de todos los días, sólo que Hugo esperaba a la musa del amor, es decir, a su enfermedad. Porque lo que se cura se desprende del organismo. Se va y le decimos hasta nunca, pero lo que se quiere para siempre puede llamarse *enfermedad*, y si se queda con nosotros hasta la muerte, aunque se diga que morimos enfermos, realmente morimos en brazos de la felicidad, unidos para siempre a algo de lo que no nos queríamos separar. Para él, Amanda corría como un veneno por su sensible corazón.

En la piscina no entraba un alfiler. Habían tantas personas que empezó a preguntar cómo cabía localizarla. Rodeó la piscina por el bordillo, esquivando a los niños que cogían carrerilla para lanzarse en bomba. Sus ojos se clavaban en cada rostro, en cada gesto que pudiese ser atisbos de ella.

Le pareció, de pronto, verla tumbada en una toalla azul. *Voilà !* Estaba estirada como una estrella de mar, y su cutis, pecoso, fue su referencia y también su distinción. Era, sin duda, Amanda.

—Hola, por fin te encuentro —le dijo. Estaba ansioso por que ella confirmara su identidad.

—*Hi!* —contestó ella. Sus pecas se movieron con el saludo, colocándose en montoncitos sobre las mejillas, también salteadas por la frente. Sus ojos oceánicos eran profundos.

—*Hello* —dijo bloqueado Hugo.

Es cierto, todavía no se lo había replanteado, pero ¿por qué no iba a poder ser Amanda extranjera? Lo pensó sesudamente, y puso en práctica su viejo inglés:

—*Amanda, you are english! What's your name?*

—*I´m Arancha. You?*

—*I am Hugo*

Charlaron a trancas y barrancas, pero realzaron una buena amistad. Terminaron, incluso, yendo a bañarse juntos. Primero, en la piscina, después, se animaron a ir a la playa. Tenía veintitrés años y estudiaba periodismo en Dublín. Bucearon con los peces, jugaron con las olas...

En la playa, Hugo la veía como un astro perdido del cielo, brillando todavía incandescente. Su pelo, rubicundo, era oro en ebullición; sus pecas, lava volcánica, y siempre, después de que se sumergiera, parecía que el magma se condensara en otras partes del cuerpo, como rotando según la luz del sol. A veces, las pecas saludaban desde los hombros; otras, oscurecían sus mofletes. En fuego llevaba grabado también unas cejas finas, como a modo de dos virgulillas a su rostro, que era un volcán, y quemaban, abrasaban cuando Hugo se acercaba a ellas. Pero él se encontraba realmente tentado por apoyar las suyas contra las de ella, juntarlas para tener ventaja sobre su boca, y besarla, besarla hasta fundirse en erupción con la lengua. Toda ella, toda su piel norteña quemaba, y aunque el agua, templada, apagaba las rémoras, no había manera de encontrar el punto por donde sorprenderla.

Se cogían de las manos para empujarse hacia el fondo blando arenoso, entonces, aguantando la respiración, con la excusa de jugar al «a ver quién puede aguantar más», Hugo aprovechaba para abrir los ojos como medianamente podía para visualizarla con descaro debajo del agua y abrazarla con la mirada. Y aunque las olas atropellaban sus deseos, él insistía e insistía.

Declinó el día. Se apagó el sol y surtió la luminiscencia lunar, que era una sandía lívida por su edad, apoderándose de un suelo ya caliente, y un océano mareado de tanto calor.

El sol que Hugo acababa de conocer también desapareció, y en detrimento de la pelirroja, en él apareció el sentimiento de culpabilidad. Comprendió que se había dejado llevar por la belleza de la joven. La irlandesa se había colado en su vida como el fuego en un granero.

«Esta no es la chica que me telefoneó esta mañana —pensó—, esta piedra magma no es Amanda. La voz de esta mañana hablaba en castellano».

Entonces todo el peso del día cayó sobre su pecho, ahogándolo hasta el paroxismo.

«Pero Arancha podría ser Amanda —se decía como para aliviar su torpeza—. Sus pecas, al menos, sí parecían serlo. Ojalá me regalase un puñado...».

Regresó hasta su habitación. Su reloj ya no andaba y eso lo asfixiaba todavía más. Miraba el teléfono con recelo, esperando una llamada, la llamada que le permitiese sofocar su perdón. Necesitaba hablar con la verdadera Amanda.

Comprobaba una y otra vez que la caracola funcionase, pero cada vez que se lo aplicaba al oído ya no oía aquella máquina de matar de por la mañana, sino una máquina ya fallecida. Aquel sonido que resoplaba agitado se había convertido en un largo y constante pitido insoslayable.

Durmió poco. A las nueve en punto volvió a sonar la caracola:

—¿Diga?

—Hola, soy Amanda.

—¡Amanda! —Y exhaló todo el aliento que la angustia le había robado—. Siento que ayer no pudiéramos vernos...

—¿Ayer? Si ayer estuvimos todo el día juntos. Te llamaba, Hugo, para decirte que hoy no te pongas la vida de ayer. Espero verte con la vida del revés, estás mejor.

El teléfono se colgó y el pitido intermitente volvió a escucharse, pero esta vez le pareció a Hugo que era un mensaje en morse, un posible *encuéntrame* cadencioso, desafiante, que se mezclaba con el ritmo de su sangre.

Lo diabólico pasó a ser angelical.

Bajó a desayunar. De nuevo su duda: «¿Ha sido un sueño?».

## X

LA PIEDRA PRECIOSA TAN HECHA EN EL HORNO del subsuelo se marchó a los dos días. Tras mucho esfuerzo (porque Hugo no habla bien inglés) acabó por convencerla para que se cortase un mechón naranja de su pelo y regalárselo, de recuerdo. Aquel mechón parecía tener vida propia, no se hacía ceniza: era energía inagotable y pura. Un bucle dinamita que se autoalimentaba de su nombre, porque su estructura interna tenía mucho de Amanda, y lo *amandoso* nunca pierde sus propiedades. Por eso aquel fleco que agarraba Hugo como si un ramo de orquídeas se tratase era infinito y nunca se apagaba. Lo archivó junto al botón; la concha de mar; una servilleta de papel convertida en cisne, el único de su especie de color malva; el espíritu de un color; la fuerza de un beso...

Se fue y dejó hollín en el corazón de Hugo. Sus pulmones tosían luz y brillantes piedras preciosas.

Él, mientras tanto, no sabía qué día dejar el hotel y regresar a Albacete. Se encontraba realmente a gusto en la playa del Carabassi, sin cansarse de mirar el mar hendido, cuyos horizontes se curvan y el agua se dobla.

Había conocido, además, a mucha gente en el hotel, y casi todas las noches jugaba a las cartas con un grupo de solteros. Los que estaban para llegar los recibía en el hall principal, vestido con su camisa azul de siempre, con detalles de barcas y veleros y sus pies amarrados con alpargatas de velcro.

Los veraneantes entraban al hotel entusiasmados, se acercaban a la recepción con esa alegría que inaugura el verano, observando de arriba abajo todo, bajo el griterío de la piscina.

—La trescientos ocho, señor. En la tercera planta. Que pase una agradable estancia.

Las maletas parecen andar solas por la recepción, vienen y van. Los tres ascensores subían y bajaban, se abrían y se cerraban, entraban niños con flotadores y salían más niños con flotadores.

Ante tanto barullo, nuestro héroe seguía siempre el mismo *modus operandi* con los recién llegados: se sentaba en un sofá del *hall* y cuando pasaba una de esas personas recién llegadas que ya han inspeccionado su habitación, probado la cama, asomado por la ventana y contemplado las vistas, olido y sentido la humedad en sus cabellos, abierto la neverita, cotilleado los cajones, descolgado el teléfono y sonreído (con una de esas sonrisas tristes porque son conscientes de que los paraísos en la costa mediterránea son efímeros y el retorno pesa en las cabezas), entonces acababan por salir y, cuando llegaban al *hall,* se encontraban con este señor desarrapado, delgado y de ojos escrutadores. Escuchaban: «¡Ahora, a disfrutar!», y la emoción de todos ellos alcanzaba cotas altísimas, pues intuían que las vacaciones no podían empezar mejor.

Y es que Hugo, que ya pasó por todo esto cuando llegó nuevo al hotel, ahora trataba de mejorar los primeros momentos de estas personas que llegaban nuevas. Sin embargo, lo que no sabían éstas es que llevaba varios días siguiendo un protocolo que le servía para alejar las amistades menos recomendables. Todos ellos no eran conscientes de que Hugo los estaba examinando. Se trataba de superar una criba no muy complicada. Los que la pasaban tenían como premio su simpatía, y el escrutador les enseñaba que la vida también se puede vivir del revés.

El filtro de amistad recaía en la cuenta de valoraciones negativas que podían emitir por cada diez comentarios. Si en esos diez enunciados formulaban una frase restringente de la voluntad humana (un comentario negativo), declinaba sus intereses para con ellos y les dedicaba apreciaciones como la siguiente (apreciaciones, por cierto, que los sacaba de esa engrandecida calma):

—Sí...sí... Oye, ¿y verdad que aquí le entran a uno ganas de purificar su instinto asesino? —Y sonreía, como para asustar de locura—. Yo de cuando en cuando me dejo llevar y ahogo a un niño en la playa. —Su dentadura blanca se mostraba abominable, y redondeaba diciendo—: ¡Ay!, es que es tan fácil pasar de la vida a la muerte...

Y nunca volvía a cruzarse con estas personas, ya que ése era su objetivo.

Hugo no quería relacionarse con nadie que enunciase juicios negativos, pues desde que vestía siempre con ese bañador de color de rosa, que claramente le hacía parecer un señor que vive con la vida del revés, no quería a su lado nadie que redujese a cero sus posibilidades.

Una vida del revés es aquella en la que hay que decir *sí* a todo, como hizo Nietzsche con aquel pensamiento espartano. Cualquier *no* está en aras de convertirse en las tijeras que recorta en Libertad.

A la primera que escuchaba noes, Hugo se alejaba del sujeto en cuestión y se proponía un sí inverosímil, como para demostrarse a sí mismo que su vida no era un sueño, y que todo —también él— permanecía en la esfera en la que cualquier cosa está en potencia de hacerse. Realizaba lo primero que se le ocurriese: dejaba que las olas lo tomasen, entonces nadaba hasta la boya. O si se encontraba en la piscina, entraba con su camisa de barcos a la caseta de los helados y se hacía pasar por dependiente.

Un día entabló conversación con un pescador en el puerto. A punto estuvo éste de superar el examen, pero el pescador acabó profiriendo la siguiente valoración.

—Hay días malos —dijo con acento alicantino—, días en los que el sol luce y embochorna —por abochornar, de bochorno— las frentes; los sudores salen y sólo te entran ganas de mandar a la mierda todo. Pues a pesar *de la calor*, las aguas son bravas, y así, ni pescas lubinas ni pescas *ná*.

Valoración que recortó en libertad, y Hugo no pudo por menos de añadir:

—Sí, sí... ¿Y no le entran ganas a usted de purificar esa sed maléfica matando a alguien? Si yo tuviese un barco como el suyo, no tendría reparo en despedazar a quien sea y lanzarlo por la borda. Verá usted cómo pesca usted si echa comida al agua.

El pescador se quedó con las pupilas rotas y desorbitadas, y Hugo se marchó con ese porte alicaído, arrastrando las sandalias porque estaba sumido en un juicio negativo.

Pensó: «No se puede echar la culpa al mar... o al calor... ¡así, por supuesto, nunca se pesca!».

Y para reforzar aquellos pensamientos de vida del revés, para recobrar la sagrada libertad, atajó el primer pensamiento que recorría sus cábalas. Aquel día se metió en el mar y no salió hasta atrapar un pescado con su única caña que era la voluntad del *sí*. Tras cuatro horas haciendo trucos de prestidigitación con los dedos, engañando a los pescaditos como trileros con comida, consiguió atrapar uno. Al principio volvió a pensar que había atrapado un color, acaso el mismo que encontró en el río. Un color de aguas saladas y aguas dulces.

El color daba coletazos y su figura se distorsionaba con las gotas que salpicaba. Después lo dejó marchar, y se despidió del híbrido, sabiendo que se estaba despidiendo también de Amanda.

# XI

Las llamadas de teléfono madrugadoras eran persistentes y se convirtieron en habituales. Hugo hablaba con los encargados de recepción por si podían conseguir el número de habitación desde la que llamaba Amanda, pero ellos, extrañados, lo tomaban por un vesánico con delirios agudos.

—¿Y podéis decirme si se aloja alguna señorita llamada Amanda?

—Claro. Un segundo. Tenemos veintitrés Amandas. —El tono fue de sorna, pero cuando se tiene tanta ilusión por algo nos creemos cualquier cosa.

—¿Veintitrés? —dijo a la vez contento y preocupado, pues le quedaba un largo trabajo de búsqueda por delante.

—Ya ve usted. El hotel está lleno de Amandas —contestó mientras le dedicaba una sonrisa burlesca.

«De cada una de ellas sacaré su semilla, para plantarla en mi pecho».

Dada la gran cantidad de Amandas que pululaban por el hotel, Hugo se enclaustró en sus salones para esperarla. No le pesaban las miradas que sobre él recaían.

Se le aparecía Amanda en las cristaleras que daban al mar, pero desaparecía presta, pues los reflejos vítreos del ventanal se distraían con las personas que paseaban por el otro lado.

La sintió, de pronto, detrás de los quicios de las grandes puertas, escondida en los maceteros, pero cuando se asomaba no salían sino muchachitos que estaban jugando al escondite.

Llegó al fondo de la sala en la cual estaban los sofás. El aspecto era de una partida de Tetris mal jugada: los sofás no armonizaban en sus formas ni tampoco conectaban con el aspecto encolumnado de la habitación. En el punto más lejano donde la luz proyectaba una línea, se erguía una pianola. A decir verdad, no vio a Amanda en ella, pero sí se la pudo imaginar. La sentía de verdad, sentada, tocando *El arte de la fuga* de Bach, como un periquito que ansía salir de su jaula.

Se acercó al aparato musical para intentar convertir a Amanda en materia. Tocó una de sus marfiles teclas cercana al agudo, pues de alguna forma el arte de la música radica en el *pianissimo,* mientras que las notas *fortes* bien pueden considerarse tropiezos de ese periquito enjaulado que Hugo se imaginaba como buscando la libertad. Las notas bajas reflejan autoridad, y las altas, agilidad.

Amanda se convirtió en sonido cuando el índice de Hugo pulsó aquella tecla, porque los nacimientos no sólo se dan en los hospitales, acaso también en los instrumentos musicales y en mil cosas más.

Lo extraño de un mundo que es acechado desde una mente que vive del revés es que se reflexiona acerca de los partos. Esto funciona de la siguiente manera: en todo momento, el Mundo recibe nuevos inquilinos, porque la nada siempre está encinta, y la naturaleza, experta comadrona de vida, presta sus habilidades para recibir ora una nota musical, ora una balada, ora el estornudo de alguien constipado, ora el vuelo de una hoja muriendo en el aire...

Los nacimientos se dan simultáneamente en todo el universo. El arte del mundo es la creación, y Hugo, cuando hundió el dedo en aquella redondilla, vislumbró para sí una certeza; una de esas que se convierten en axiomas existenciales; la de que él es también comadrón de los nacimientos y que de su dedo había nacido Amanda.

—Hasta lo inorgánico es capaz de la creación —le decía al socorrista con un cóctel de piña colada en la mano (mientras un cuarto de las veintitrés Amandas se bañaban en la piscina, por estadística matemática).

—Demuéstrame eso que has dicho antes. Eso de que tú eres como Dios —le dijo el socorrista con donaire.

Y Hugo empujó al socorrista al agua, con la mala pata de hacerlo en el momento en que una chica nadaba por debajo. Éste impactó con la joven.

—Perdona, disculpa, ¿estás bien? —le decía el socorrista a la chica, y con gran preocupación pasaba su mano por el pelo de la nadadora, como las madres se la pasan a sus hijos cuando éstos se lastiman.

Ella cambió en un santiamén la expresión de su cara. La facción de susto y de dolor tornó a una que expresaba fortuna, porque la joven, desde que llegó al hotel, no sabía cómo acercarse al moreno que la vigilaba. Ahora tenía un pretexto. Luego reía al ver cómo, enardecido el socorrista con Hugo, le increpaba enfurecido con ademanes imparables.

—¡Esto no es un juego! ¿Cómo se te ocurre tirarme? —le reprendía. Pero lo hacía, de alguna forma, conteniéndose, porque lo consideraba enfermo y con problemas mentales.

Hugo estaba de espectador, con esa mirada tan suya contemplativa cual ave rapaz concentrada en su presa. Y la barba oscura que le había crecido rodeando su pico le hacía parecerse a un guitarrista de rock.

—Mira allí, mira, ¡corre! —le decía apuntando con sus ojos a la chica sobre la que había caído, tapada ahora con una toalla al otro lado de la piscina.

La joven miraba al socorrista enamorada.

—¿No ves cómo sí que he creado de la nada una situación? La chica no sabía cómo acercarse a ti.

El socorrista no podía sino asentir simpáticamente.

—Está bien, ya sé qué me querías decir...

—Ve a hablar con ella —le exhortó Hugo, y le guiñó un ojo en forma de coacción, desafiante, como si fuera estrictamente necesario que lo hiciese; para disculparse, para citarse y para, así, conocerla.

Al día siguiente volvió a cruzarse con el socorrista. Le contó que, efectivamente, se habían conocido y habían pasado la noche juntos.

Pero Hugo tenía entre ceja y ceja una cuestión que tronaba fuerte en su cabeza. Un tormento que aplastaba sus sienes, como una implosión neuronal. Solamente tenía una pregunta que le inquietaba, el resto lo escuchaba por educación. No quería, sin embargo, formularla por temor a la respuesta que recibiría. Y es que ya intuía cuál iba a ser la resolución de su duda.

Se trataba, al final, de confirmar una verdad, la verdad que le producía el dolor de una embolia cerebral: la mente nunca se equivoca cuando se piensan las cosas con convicción.

Finalmente atajó al socorrista y, sin aire en los pulmones, replicó (porque no entonó ninguna pregunta, sino que, más bien, exclamó):

—¡Su nombre es Amanda!

—Ah, ¿la conocías?

Hugo se marchó encolerizado. El odio, acompañado de la ira, se encontró con la muerte en la cabeza, y pugnando una con otra, acabó por ganar la rabia. Porque aquella Amanda morena pertenecía a Hugo y se había enamorado del socorrista.

Cuando al día siguiente sonó la caracola, Hugo la descolgó con brusquedad, y como todavía en él azoraba una pesada tormenta, exclamó reconvenido:

—No me llames más, Amanda. Ya he hecho las maletas. Quédate con el socorrista.

—¿Estás celoso?

—¡Claro que no!

—Si te vas, Hugo, moriré ahogada. Tú eres más socorrista que un socorrista.

—Necesito respuestas, Amanda.

—Está bien, cálmate. Te diré que no somos veintitrés Amandas, como te han hecho pensar. Sólo estoy yo, la que te llama todos los días. Te diré también que me ha encantado cómo me imaginaste tocando la pianola ayer. En tu cabeza está la mejor música que jamás he escuchado. La música fluye por tu alma; sólo tienes que tocarla, extraerla, sacarla al mundo, crearla.

—Amanda...

—No dejes de buscarme, Hugo, estoy allí donde me imagines.

De los ojos de Hugo escurrieron seis lágrimas, y con ellas escribió una carta.

# XII

«Querida Amanda:

Me encuentro en crisis. Tu nombre salta por mi cuerpo con cada latido. Estoy inquieto y no sé muy bien si esta vida —mi vida— está sirviendo para algo.

Amanda, tengo esa clase de duda que termina por convertirse en ancla (como la carga que soportó Sísifo), y la arrastro, y yo no vuelo con tanto peso.

Tengo esa debilidad redomada que me injertan los binóculos de las personas, que me clasifican, me separan, me estudian y me etiquetan. No, no quiero vivir así, Amanda, y por eso te busco. Y sé que tú al final no existes, que soy yo quien te imagina y quien te inventa, pues no me explico que aparezcas de forma tan diminuta en las mariquitas, cuando se posan en mi mano. Y también, Amanda, no me lo explico, pero puedo verte en los cuadros. Dime, ¿cómo es esto posible? Te veo en las plumas que caen del cielo, recostadas e indecisas, volando para uno y otro lado... Ahí estás, y yo te veo, y tengo que entenderlo, pero no lo entiendo, y tengo que asimilarlo, pero no lo asimilo, porque me cuesta mucho comprenderte.

Me cuesta porque mi cuerpo, cuando te sostiene para que andes a mi lado, te quiere... ¡te quiere comer! Y te como, Amanda, como si fueses un exquisito plato de macarrones, ¡porque sin darme cuenta te he convertido también en macarrones!

¡Qué extraño es esto, Amanda! Y es que siendo yo el que te imagina, el que te pinta en la realidad (porque verte es lo que más me calma), me entran ganas de ti y me apeteces y se me llena la boca de tu sabor, entonces... ¡te zampo!

Claro que, cuando estás conmigo, en mi alma, lo que deseo es encontrarte fuera, para tocarte, mirarte y, finalmente, volver a devorarte.

¡Ay! Y cuando te cojo, Amanda, te fragmentas... Lo sé porque siento las esquirlas de tu divinidad por mi torrente sanguíneo, produciéndome arcadas, porque yo sé que te hago dolor... y sé que lloras, pues lloro yo también. Lloras en mis ojos y eso, a mí, Amanda, me desestabiliza el corazón.

Luego te reconstruyes y vuelves al lugar de donde eres: aquí, exacto, en mi pecho, porque siempre has vivido en este músculo que me hace latir, me hace vivir, y me hace enamorarme de ti.

Amanda, cuando aguantas tanto tiempo en las crestas de las olas, sin venirte abajo, ¡ay!, te observo feliz; pero me acabo tirando a ti, porque me duele tu ausencia. Mi corazón se abalanza al no poder soportar verte fuera. Te doblega, vuelves a él y te conviertes otra vez en mi prisionera, enjaulada tras las costillas. Porque esa es tu vida, Amanda, y me duele.

Me parece que marchitas en mi pecho y yo te quiero jovial, te quiero sacar de ahí y no sé cómo.

Quiero que me ayudes a sacarte. Amanda, quiero darte vida, darte latidos, quiero encontrarte en otra persona y verte por sus pupilas.

Dame pistas para encontrarte. Sé que eres mi puzle y me impaciento por verte completa. Amanda...

Tu Hugo».

Supuró tristeza y marchó donde sus piernas lo llevaran, pero donde ponía el pie, ahí hincaba una mancha; esas manchas advenedizas de quien llora con lágrimas de desconocimiento. Sus ojos se hartaban de apreciar siempre lo mismo, por eso subió a la planta veintitrés, que era la última, para ver el extenso e indomable mar desde las alturas.

Hugo siempre pensaba en proporciones, en orden, en planos, en figuras, es decir, en matemáticas, por eso calculó que podría alojarse una Amanda por cada piso que subía.

El viento soplaba fuerte en la terraza de la azotea; se trataba de una ligera brisa que se pegaba con alborozo a la tersura de su rostro, y movía de un lado a otro el pelo que rodeaba su cabeza. Buscaba en el manto azulado señales de Amanda, para olvidarse del mundo.

El mar brillaba como brillan las ascuas cuando se prende yesca.

Sus pupilas, en fijeza máxima en derredor al mar, crisparon en pedacitos cuando el vuelo de una simpática gaviota se posó a su vera. Parecía querer decirle algo, pues su pico seguía sus movimientos.

—Buenos días —entonó Hugo.

—Hola —dijo la gaviota acompañándose de sus alas.

—He subido porque tengo que darte una cosa —dijo él.

—Yo he volado hasta aquí porque tengo que decirte algo —dijo ella.

—Empieza tú —decidió Hugo.

—Vale.

La gaviota movía las alas de forma graciosa, debía de ser sucesora de Juan Salvador Gaviota, porque en sus ojos tenía escrito la palabra *libertad*.

—No te quedes aquí más tiempo, Hugo. Los hoteles son conocidos por corromper los pensamientos de los que entran. Debes salir. Huir. Sal de aquí, vuela.

Hugo lo entendió y agradeció su preocupación.

—Me iré hoy mismo, pero no sé adónde. —Entonces se acercó sacando de su bolsillo la carta escrita para Amanda. Hizo un cucurucho con ella y se la dejó en el piquito—. Aquí está lo que tenía que darte.

La gaviota asintió como queriendo decir *de acuerdo,* y con su mirada de gaviota singular expresó: «Tendrás respuestas lo antes posible», y se marchó, driblando en las alturas, con la misma elegancia con que marchaba Juan Salvador Gaviota, la gaviota que nunca se cansó de volar.

Hugo abandonó el hotel, y en taxi, se desplazó al aeropuerto.

—Por favor, deme un billete para el siguiente vuelo.

Era de evidenciar que esta vez el jardinero se había colocado con muy buen empaque el traje de la vida del revés: decidido, resuelto, rotundo.

—El siguiente vuelo es a las catorce treinta.

—¡Ése! ¡Ese es perfecto! ¿Adónde va? —Sus palabras: concisas.

—Dublín, Irlanda.

El Universo pintó en el rostro de Hugo una paleta blanca con tonos azulados, también dos ojos bien negros, por lo grandes y negras que se quedaron sus pupilas, como absorbiendo por ellos la chispa de la vida, que siempre viene en forma de casualidades.

Hugo visitaría a Arancha, el volcán que calcinó la playa del Carabassi. Su pelirroja.

# XIII

Volar era una de sus cosas preferidas, aun a pesar de que las únicas veces que había probado el frescor del aire hubiera sido con esos gritos de *Gerónimo* que se pronuncian al saltar de las alturas y que siempre van acompañados de rasguños de rodilla. A veces, también de un hueso roto.

Miraba anheloso por la ventanilla, no para ver la Tierra disminuida con ese cristal —o plástico— de avión que quita los aumentos del ojo, si no para ver si la gaviota le acompañaba.

Aquel mismo cristal reflejó su rostro. Se veía distinto. Se veía bien. Pasó su mano rodeando su cabeza. Parecía que ya se había dejado de preocupar por esas zonas donde su pelo se encontraba en huelga indefinida. El poquito que se rizaba en su flequillo y el aro que rodeaba su cabeza le parecía suficiente. Su cara era redonda, pero con la barba comenzaba a vérsela ovalada. Sus ojos se caracterizaban por ser diminutos, y aunque el reflejo de la ventanilla los acentuaba, él siempre los consideraba del tamaño oportuno. Oportunos para confundir a los que le miran, pues con poco que entornara los párpados se sentía protegido en la celosía de sus pestañas, ese lugar en el que poder contemplar sin ser visto. Por esto mismo el apodo más frecuente que recibió en la escuela fue el de *Chino*.

El aeroplano iba poco a poco atravesando las almohadas del cielo, donde se acurrucan los dioses griegos, vivos gracias a los lectores de mitología. Lo que ocurrió entonces —y eso sí fue oportuno—, fue la conversación que mantuvo con la niña que tenía en el asiento de al lado. Una niña de unos diez años y con el pelo muy rizado. Ella tenía una sonrisa especial, reveladora de sinceridad, entusiasta de la vida. Mantuvieron una seria conversación sobre Ernesto.

—¿No conoces a Ernesto?

—De verdad que no. ¿Quién es?

—Me acaba de parecer verlo.

—¿Qué? ¿Dónde?

—Ahí, en las nubes.

—¿En las nubes? —Y miró anhelosa. La forma en cómo colocó su mirada hizo descubrir a Hugo el misterio de la vida.

—En concreto en ésa de allá. Esa nube que parece triangular. En mi opinión —expresó Hugo—, las nubes triangulares son las peores.

—He imaginado que serían las mejores —dijo ella.

—No. Son peligrosas porque pueden ponerse de punta y llover siempre en un mismo punto. —Hizo una pausa para tragar, se puso serio y añadió—: El agua puede con todo.

—¡Cuánto poder! —manifestó la niña apenada—. Ya no me gustan.

—Son cabezudas —agregó él—. Ven todo por tres ángulos. —Lo dijo entrecomillando con los índices y el corazón la palabra *todo,* haciendo entender que las nubes triangulares creen verlo de esta forma cuando sólo lo hacen de una porción de la realidad—. Además, yerran.

—¿Suelen errar haciendo daño al que está abajo?

—Sí... Es por el peso del agua. El peso del agua les hace estar siempre de punta. La naturaleza de estas nubes es horrible. Si yo pudiera, truncaría un ángulo para acoplar en el hueco una regadera. Son tan peligrosas...

—Una regadera de la que saliesen gotas redondas sin puntas y pequeñas, muy pequeñas —añadía ella ilusionada mientras miraba por la ventanilla—. Diminutas. Y de colores distintos según la persona que tenga debajo esperando.

—¿De qué color las quieres tú? —preguntó Hugo.

—¿Yo?, de todos, ¿y tú?

—Te lo pregunto porque veo que no conoces a Ernesto. Él se encarga de eso.

—¿De qué?

—Yo las quiero verde turquesa —respondió Hugo, imaginándose el color del vestido de Amanda.

—¿De qué se encarga Ernesto? —repetía ella.

—Ernesto es el nubeiro del cielo. Él sanea las nubes y las riega.

—¡Bendito Ernesto!

La niña ponía buena cara a las quisicosas que Hugo le narraba, y sonreía grata.

—Pues conmigo —decía ella—, si puede, que se encargue de ponerme una gotita de cada color.

—No puedes pedirle eso a Ernesto, se pasaría toda la vida pendiente de tus nubes. Además, te estaría lloviendo a todas horas, sin parar. ¿Acaso no sabes que los colores son infinitos?

—Sigo queriendo una de cada color. Y todas del mismo tamaño —añadía inquisitoria.

—El tamaño de las gotas siempre es el mismo —respondía Hugo—. Si las ves diferentes, te engañan los ojos. Bueno, intentaré decirle que te prepare un *colore-infinitum* por veinte minutos.

—¿Sólo veinte minutos? ¡Ah! —gruñó—. ¿Y sólo existe un nubeiro?

—Sólo uno.

—¿Y siempre es el mismo?

—Siempre el mismo. Nunca nadie se ha quejado, así que se mantiene. Pero tú, jovenzuela, eres muy tiquismiquis.

—¿Siempre ha sido el mismo y siempre será el mismo? —insistía ella.

La niña escuchó tarde eso último que había añadido Hugo, entonces respondió al instante:

—¿Perdón? ¿Tiquismiquis?

—Muy tiquismiquis.

—Para nada.

Hugo volvió atrás y retomó el hilo:

—Siempre es el mismo nubeiro, igual que las nubes son siempre las mismas.

—¡Oh! ¿Sí? Pero a veces no están. No las veo.

—Te engañan los ojos.

—Pero es que, a veces, no me llueven.

—Cuando no están —aclaró Hugo—, es porque tienes cerca el cortanubes de Ernesto.

—¿El cortanubes?

—El cortanubes es su herramienta. Tiene muchas más.

—Vaya... —expresó emocionada.

—Ernesto tiene mucho trabajo, pero cuida genial de los jardines del cielo.

—¡Bendito Ernesto!

Entonces se pusieron los dos a mirar por la ventanilla, y nunca antes habían sentido con tanta emoción la contemplación de las nubes. Unas nubes que se ensanchaban y eran más blancas que nunca. Nubes que eran flexos del cielo, pues alumbraban el avión por dentro. La niña se quedó dormida. Hugo no pudo por menos de guardar en su memoria aquella nube triangular, pues por no existir, le recordaba a Amanda.

De vez en cuando aparecían claros, el cielo se despejaba, las nubes se disipaban y se podía ver la península como quien observa una ecografía: no porque se pudieran observar las vísceras de la Tierra, sino porque se apreciaba que todavía se mantenía con vida. Guardó el billete de avión en un bolso de bandolera. Todavía pesaba poco por no contener más que un botón; una concha de mar; un beso; un fleco de pelo de Arancha, a la que estaba dispuesto a volver a ver y llevarse un puñado de pecas; un do sostenido de pianola; un cisne de papel que encontró en una mesa de un café, y al que seguro que había pertenecido a unas manos muy propias de Amanda; un par de miradas de playa, y el vasto oleaje del mar mediterráneo. Y ahora, también, el billete de avión y el pensamiento de una nube triangular.

Con aquel bolso sentía lo mismo que quien camina con un fajo de billetes en el bolsillo por la calle. Se ponía nervioso por transportar tanta reliquia junta.

Cerraba el bolso con cremallera y se quedaba algo más seguro, porque casi todo lo que hacinaba en su interior tenía esa doble naturaleza de perderse en cuanto se le quita el ojo de encima: que si los besos tienden a escaparse con facilidad, que si los botones son las cosas más dadas a desaparecer. En fin, había que tener mucho cuidado.

Llegó a Dublín y Hugo todavía no daba crédito a su locura.

Se encontró algo desorientado así que decidió resguardarse entre la gente.

—Oiga, señor irlandés, ¿estoy soñando o estoy en Irlanda de verdad?

Los irlandeses son de esas personas que escuchan atentamente sin parpadear, apoyan el peso de sus cuerpos sobre las puntas de los pies, para arrimarse oblicuamente y acercarse lo máximo a las caras de sus interlocutores, y en sus rostros de poco sol se les marca esa expresión sincera campechana, como de buena fe y gratitud. Pero si no entienden absolutamente nada, sonríen y dicen, remarcando las eses: *sorry,* y niegan todo lo negable con la cabeza.

Siguió con aquella prueba de existencia. Tenía dudas. Necesitaba saber si despertaría en el hotel de la playa en cuestión de segundos o si, por el contrario, se encontraba de verdad en Irlanda.

—Oiga, señorita, ¿me puede decir si Amanda ha pasado por aquí, o tiene mucha prisa?

Todo el mundo levantaba las cejas con las preguntas que Hugo formulaba y contestaban siempre negando con la cabeza.

A Hugo le pareció, definitivamente, que estaba soñando. Supuso esto de tal manera que decidió vivir como si todo fuera un sueño. Se puso los lentes imaginarios y comenzó a soñar un sueño de vida del revés.

# XIV

Encontrar el volcán era cosa complicada, pensaba, pero como dependía únicamente de imaginárselo, se concentró para recrearlo.

Lo cierto es que duró poco la búsqueda de la pelirroja. Sus planes se trastocaron en cuanto entró en el taxi que lo llevaría a la capital. Su sorpresa fue encontrar una cartera engullida entre los asientos traseros. Antes de cogerla, echó de soslayo una rápida mirada al retrovisor, por si el taxista de bigotes de oro se había percatado del hallazgo. Delicadamente, se la guardó en el bolsillo de los pantalones.

Al llegar a Dublín, se sentó en un entablado de madera junto al río que divide la ciudad. El cielo estaba nublado, soplaba un aire fresco, pero no se estaba del todo mal. Abrió la cartera con la misma ilusión con que desveló el nombre de Amanda en el interior de la cajita hace unas semanas. Lo hizo con ese sentimiento de escalofrío tan parecido a como se abren los regalos de Reyes en la infancia. Con esa impaciencia tan característica en los niños por arrancar el papel que los envuelven.

Los papeles de envolver los regalos suelen llevar impreso el logotipo de las grandes multinacionales. Los niños, sin embargo, nunca consiguen relacionar que los tres reyes —y también Papá Noel— acaso puedan trabajar para estas empresas, porque el papel con el que se envuelven los regalos apenas sirve en ellos para entorpecer su ilusión por descubrir lo que hay en el interior, por lo que la atención de todos los niños no está en el papel, sino en la intriga por descubrir lo que hay dentro; por eso, su envoltorio, sus colores, sus dibujos, en fin, el buen embalaje que recubre la sorpresa... todo esto, sólo sirve para los adultos, que ya han perdido, de alguna forma, la ilusión por los regalos, y se fijan y agradecen la buena presentación, la gran impronta que lo reviste, porque sus vidas también se han forrado de papel y se ha perdido el interés por lo esotérico y por los secretos que encierran las cosas para sus adentros.

Pero Hugo, a sus treinta y tres años, aún disfrutaba de estos momentos como si fueran los primeros.

No estamos hablando del tipo de personas que encuentran una cartera y abren el bolsillo donde se guardan los billetes. Lo cierto es que él estaba ávido por encontrar el carné de identificación con el nombre, foto y dirección de Amanda; pues su mejor regalo sería encontrarla.

«¡Aquí te tengo! —dijo. Sacó el carné—. Sofía Ferroni, Piazza Aprilia, 45, Italia»;

«¿Italia?».

Sí, aquella cartera debía pertenecer a una estudiante italiana que acababa de llegar ese mismo día a Irlanda. En su foto resaltaban sus grandes ojos verdes, su pelo corto y negro con tirabuzones que parecían olas en pleno auge y a punto de romper, olas que no encontraban una orilla en donde desplomarse por la fuerza de cuatro horquillas.

«Esté soñando o no, tengo que encontrar a Sofía, para que esas olas descansen y sigan con sus movimientos naturales de mar».

Hugo llevaba razón, el pelo estático de la italiana corría peligro. Era urgente encontrarla.

Extrajo todas las tarjetas y papeles de la cartera en busca de una dirección. Reveló el nombre de un colegio de idiomas y se puso en marcha. Compró un mapa y se dirigió a dicha calle. (30, Dame street).

Al ordenar todo como estaba, guardó en el tesoro donde juntaba las piezas de Amanda una foto en donde aparecía Sofía con el azul marino de alguna costa italiana de fondo.

Pasaban las horas. Su cabeza trajinaba con pensamientos que creía ensueños. Se divertía pensando que fue a Irlanda buscando un volcán y ahora perseguía a una desconocida italiana.


*Ring, ring, ring.* A Hugo le perseguían los teléfonos. Se trataba de una cabina. Trató de disimular porque sabía que la llamada era para él, e hizo esa mueca tan peculiar de rascarse la coronilla. Después se acercó al teléfono.

Descolgó.

—¿Hola?

—Hola, Hugo —musitó una voz grave.

—¿Quién eres?

—Sé lo que estás haciendo.

—¿Cómo? ¿Qué estoy haciendo?

—No podemos permitir que continúes esta búsqueda.

—¿Quién eres?

—Hugo, déjame contarte una historia.

—¿Quién eres? —repetía, pero el hombre de voz grave insistía en que era preciso escuchar una historia.

—¿Me escuchas bien? No, Hugo, es necesario que escuches esto. Tienes que dejar de buscar a Amanda. Lo entenderás si me escuchas.

»De acuerdo.

»Estoy seguro de que conoces la historia de Abraham y su hijo —dijo—. ¿Te acuerdas de lo que hizo?

»Sí, en efecto, dio en ofrenda a su hijo Isaac. ¿Te acuerdas por qué? Veo que te la sabes. Consistía en un acto de fe. ¿Lo recuerdas, no? Abraham fue a sacrificar a su hijo porque Dios así se lo pidió. —Hizo una pausa—. Imagina, Hugo, con qué fervor amaba Abraham a Dios. Imagina, por favor, Hugo, con qué fuerza creía Abraham en Dios para ser capaz de realizar semejante gesto. ¿Sabes ya lo que te voy a decir, no? Hugo, no puedes ser tan dependiente de Amanda, porque por más que quieras nunca llegarás a encontrarla. La encontrarás, como Abraham a Dios, en otro mundo. Pero, aquí, en la Tierra, sólo te espera una vida de sacrificios. Debes olvidarla, Hugo. Te insisto porque me estás enfadando. Lo que buscas no existe aquí. Estás haciendo creer a todos que se puede vivir persiguiendo la sustancia prohibida.

—¡Amanda sí que existe! —exclamó él—. Está en todos lados, en todos los rincones, en cada gesto del viento.

—Nunca la encontrarás porque Amanda no es de aquí.

—No, no es verdad. La encuentro fragmentada. Estoy juntando sus partes.

—Yo soy una parte de Amanda y nunca vas a poder conseguirme.

—¿Por qué?

—Porque no vivo en la Tierra.

—Pero... ¿qué parte de Amanda eres? —inquirió Hugo mientras se pasaba la mano por la frente.

Los peatones lo miraban. Estaba encolerizado.

—Soy esa voz que de pronto susurra al tímpano y provoca dolor de cabeza. El mal genio que por unos instantes hace desistir toda ocupación y muchas veces consigo que se os quiten las ganas de vivir. Te lo diré más claramente: soy el que construye el escenario del terror y activa los altavoces de la música lírica.

—Voy a por ti. Ya sé dónde estás.

Hugo colgó el teléfono y salió corriendo. Llegó a la estación de tranvía más cercana y buscó entre la multitud, pues es entre la multitud donde se suele originar el mal genio. Hugo estaba confiado en que la voz de la cabina era el mal humor de Amanda. El mal humor que puede rondar hasta en las deidades más puras y también en su ideal de Amanda. Lo encontraría allí, porque las prisas, las esperas, las tardanzas, el gentío..., todo eso hace que las estaciones se conviertan en la placa de cultivo de este penoso estado.

Miró a todos lados y en un acceso de locura musitó (y la gente lo advirtió):

—¿De verdad es el Universo el responsable de todo esto?

¿Lo era? ¿Era el Universo el responsable de tantas casualidades? Se preguntaba Hugo, y es que comenzó a ver mensajes escritos por todos los carteles publicitarios que debían de ser, indudablemente, para él:

«Yes, it does exist».

«The new water calls Sofia».

También en los periódicos:

«The best day begins when you wake up next to a volcano...».

El mal genio que andaba buscando estaba naciendo en él.

—¡Hugo!

Se escuchó de pronto al otro lado de la vía. Se giró en redondo para poner cara a esa voz que le llamaba. Pero el saludo tenía otro destinatario.

Los dos andenes se llenaban y el tumulto crecía.

Se puso nervioso y disimuló echando las manos a sus bolsillos, y de paso aseguró que todo estaba en su sitio. Pero, de pronto, ocurrió algo inesperado. Algo que torció todavía más el semblante tranquilo de su cara, ese tipo de cosas que sólo pueblan en los sueños. En el vidrio de sus gafas de ver vida al revés se refractó un haz de luz verde turquesa. Una luz de tremendo carácter intimidatorio (por su semejanza a la llama del fuego cuando saca sus antojos más bellos). Siguió su rastro hasta dar con un muchacho bien negro (negro como las sombras de los árboles en esas horas en que las muchachas calan el sombrero hasta chocar con el trampolín de la nariz).

—Oye, sombra —dijo Hugo—, ¿de dónde salió esa luz que de pronto me hizo creer que llevaba gafas?

Por lo general las sombras repiten todo cuanto existe, pero ésta contestó:

—Mantenla en tus ojos.

Y en sus ojos de adulto en metamorfosis vio de nuevo la luz: radiante, verde, secreta. El niño siguió a Hugo, que caminaba a intervalos quedos. Se agachó, (la sombra con él). Los irlandeses que esperaban en el andén se quedaron fijos. Entonces se agachó para coger algo del suelo. Un paquete de cigarrillos. Echó un vistazo dentro. Había un cigarro. Nunca había fumado pero le dieron ganas de probarlo. Sospechaba que Amanda pudiera resucitar en el humo.

Miró a su alrededor.

—*Sorry, light?* —dijo a un grupo de chicos y chicas.

Una, la más rápida, le prestó el mechero, que lo sacó de su pantalón de franela violeta. A Hugo le pareció ver todo en cámara lenta: ella, volteando su cuerpo. Descubrió que tenía el pelo de cascada, negro como las noches de luna tapada, de corte esporádico pero con sus tallos muy atrapados por unos alambres, justo encima de sus dos pequeñas escarlatas. Con aquel giro tan alegre la chica peinó sin darse cuenta las dudas del viajero. Entonces sintió como si una ola lo arrastrase mar adentro. Debió de ser el pelo tan negro barriendo su cara lo que provocó el relámpago que sintió como si regresara a la juventud; pues así como los plumeros destapan las verdades originales que sólo el tiempo ensucia con partículas de polvo, así los flecos de esta chica limpiaron de la mirada de Hugo sus turbias retinas que, acostumbradas a ver siempre el mundo desde los mismos ángulos y siempre desde la misma perspectiva, pudo de pronto observar la vida en su esencia originaria: absoluta, imposible, firme, segura.

Se quedó impresamente pálido y sin oportunidad de que sus manos encendieran el pitillo, mirando los fractales del cabello de la chica, que eran idénticos a los de la foto de la cartera del taxi. Parejamente, descubrió que la luz verde antes descubierta procedía de sus grandes ojos abarquillados, que eran retoños del vástago de una rosa.

¡Se trataba, sin lugar a dudas, de Sofía: la dueña de la cartera! Era Sofía la que reverberaba por toda la estación esa cálida luz verde turquesa tan parecida a los lagos en constante calma.

—*Thanks* —le dijo, y se giró nervioso.

Pero por aquellos nervios de adolescente, olvidó devolverle el encendedor.

—¡Ey, eh! —arrancó de sus pulmones ella, y con dos rosas en sus mejillas fulminó a Hugo, que quedó absolutamente al son de los latidos de su corazón. Los amigos de la italiana se reían de aquella extraña situación. Hugo ni siquiera había prendido la llama del mechero. Se miró su mano y vio que, efectivamente, todavía lo sujetaba.

—Ah! *Scusa!* —manifestó en un intento por hablar su idioma. Levantó una sonrisa que el grupo devolvió con curiosidad, y rozando la mano de Sofía al devolvérselo, sintió que tocaba a una chica de otro mundo.

En arrebato de valentía y cruzándose la bandolera cual espada de caballero expresó:

—*Hey, I'm sure that your name is Sofia, isn't it?*

Pero se pronunció para nada. La atmósfera había quedado envuelta por el estruendo del tranvía y sólo se percibió una boca en movimiento.

Entraron. Hugo los siguió.

Un pitido alertó a los pasajeros de que las puertas se cerraban, pero, una décima de segundo antes, se escuchó el mismo grito de antes en los andenes: «¡Hugo!». Y él, en un acceso de intriga y nerviosismo, salió disparado al exterior, cerrándose las puertas en su espalda. Sofía se marchaba.

Fue derecho a buscar a la persona que lo llamó, pues en lo más profundo de su ser estaba convencido de que ese «Hugo» había sido pronunciado por las cuerdas vocales de Amanda.

Cuando miró a los dos lados del andén en busca de la voz, volvió a tactear sus bolsillos, y esta vez sí le faltaba algo. Se trataba de su cartera. Del brusco movimiento por sentarse y ponerse de pie, la cartera había salido volando.

Soltó un bramido:

—¡Ay!

Y lejos, al fondo de la estación, una figura repitió: «Ay».

El mismo timbre, la misma modulación... Tenía que ser ella. Fue directo hacia Amanda.

Una chica se hallaba al final del andén. No se movía una pizca. Vestía una camiseta verde. Su color de pelo era indistinguible desde tan lejos. Hugo remontaba metros impaciente. La figura clareaba y la silueta se desvanecía. Cuando llegó, sus ojos se humedecieron y brotaron de ellos algunas lágrimas. Su penosa sorpresa fue haber apreciado a Amanda en lo que era una papelera atada a una columna.

Por su mente llovieron frases:

«Tan real desde lejos, y tan falso desde cerca».

«Un paraíso cuando no se tiene, una decepción cuando se alcanza».

«Los astros se recubren de belleza cuando son admirados por los oculares de los telescopios, tanto más caros éstos, más bellos para el que contempla. Pero nuestros ojos sin lentes no pueden percibir belleza en ninguna cosa».

Aquella voz que había articulado su nombre de forma tan clara tuvo que haber sido otra cosa... ¿El qué? ¿El fino viento corroyendo las vías del ferrocarril?, ¿o quizá el eco de la estación? o cualquier otra anomalía del sonido... Pero Amanda nunca había estado allí (¿o sí?) y ahora se hallaba Hugo sin su cartera, recién perdida en el tranvía, y sin la oportunidad de conocer a Sofía.

Reclinó la cabeza en afán de escurrir las lágrimas cuando sus ojos advirtieron otra cajetilla. La abrió por pura obligación del Universo y en el revés del cartón encontró un mensaje —con tipografía de ojos expertos—: «Búscame en donde jamás pienses que esté, pero nunca pienses que estoy donde, desde lejos, precisas que estoy».

Sonrió, también soltó el aire por las rendijillas de su dentadura, que procuraba no abrirla para no forzar la pena. Miró por última vez aquella papelera tan... ¿cómo decir? Tan Amanda en lontananza y tan papelera desde cerca, y tiró allí la cajetilla según la cerraba con su alegre tristeza dentro.

Miró a su alrededor, las personas volvían a llenar el andén.

Nadie le prestaba atención pese a que él pensaba que sí.

Sin cartera, no le quedaba más opción que utilizar el dinero de la joven italiana.

Y antes de seguir el brillante plan de la cajetilla: «Búscame en donde jamás pienses que esté...», se le ocurrió dejar un anuncio en la pared, siguiendo muy atento el consejo que un día descubrió a la luz de un oscuro túnel: «No hagas lo correcto, haz lo descabellado», y escribió en un papel que luego pegó con celofán:

«A la chica de cabellos de oleaje, aquí tengo tu documentación».

Y cuando hubo esperado al siguiente tren que le llevaría al centro, encontró un papel colgado que ponía:

«Al chico que solicita fuego para no encender ningún cigarrillo, llevo yo su cartera».

Regresó una lágrima del vacío para resbalar por la faz de la existencia.

«Caramba», expresaron sus sentimientos. Cada uno tenía la cartera del otro.

Una expresión de auspicio se posó en su rostro y sus labios combados se asemejaron a la mueca de la Mona Lisa.

Decidió abrir el bolso para echar aquel cigarrillo. Lo introdujo muy seguro de sí mismo, muy seguro de que ese palillo adictivo ayudaría a completar el puzle de Amanda. Cuando éste cayó en las profundidades de su corazón, el bolso rugió como de hambre. Estaba impaciente por completarse. Continuó el día, y en la mente de Hugo se había grabado a fuego una palabra.

«Rocambolesco».

## XV

«Búscame en donde jamás pienses que esté».

A veces no importa si se está soñando o si se está despierto, porque de una u otra forma, una persona hace lo que debe hacer. Cuando se tiene conciencia de existencia, se vive creyendo que la vida es de verdad, y nunca se arroja alguien por la primera ventana que ve aun a sabiendas de que, efectivamente, pueda estar soñando.

Hugo se creía en un sueño y no despertaría hasta volver a Albacete. Él jugaba a soñar. Su mundo era Amanda y ya no le importaba encontrarla en una de estas nebulosas que crean los sueños más disparatados que se pueda imaginar.

Fue entonces cuando despertó de una siesta sospechosa, de esas que no se sabe si sólo se ha cerrado los ojos un momento o si ha transcurrido una eternidad.

—¿Cuánto tiempo he dormido? —le preguntó al que tenía sentado al lado.

—Un ratete.

Cuando se levantó y se puso en marcha, pensó en la respuesta del señor del banco: «Un ratete». Se encontraba ante una verdad indemostrable. Hay medidas temporales que se miden en *ratetes*. Un diccionario, pensó Hugo, debería incluir esta palabra:

«ratete.1. Trátese de la convicción por saber un hecho que sólo puede ser calculado con esta medida de tiempo: *los ratetes.* Si uno conoce cómo funciona esta medida, puede saber la duración exacta del tiempo».

—¿Un ratete? —le había preguntado Hugo al señor.

—Exactamente. No más que un ratete —le había contestado.

Aquel tipo era experto de esta peliaguda medida de tiempo.

Hugo había despertado, pero todavía estaba en Irlanda. Quizá, soñando que despertaba en Irlanda.

Llevaba cuatro días comunicándose con Sofía por notas pegadas en las paredes de las calles de números impares, y para camuflar el mensaje, hacían que vendían productos de segunda mano. Pero el caso era no dar nunca con ella.

«Vendo cartera de piel italiana. Búsquenme en el río».

«Atención a aquellos fumadores que no fuman: aquí carteras y cajetillas a muy buen precio».

«Favor de venir las jóvenes de oleaje en el pelo, se peina gratis».

«Se recomienda no entrar y salir muy deprisa de los vagones, se vende cautela».

Un día, vio a una joven pegando un papel en una farola y se acercó sigiloso. En el papel ponía:

«Se arreglan los vicios que en un futuro pueda usted tener».

Y Hugo, acercándose por la espalda de la chica, observando su pelo negro, le dijo:

—Va usted a tener que ayudarme, sé que voy a tener un vicio que me está matando.

Ella se dio la vuelta resplandeciente, desgranando una sonrisa de felicidad.

—Dígame, ¿no será el típico caso de alguien que sueña sin dormir?

—Es el típico caso en el que se pierde a una persona pero que todavía no se ha encontrado.

—Yo puedo ayudarte.

—¿Sí? ¿Cómo?

—Haciéndote ver que no es un vicio lo que vas a padecer, sino un don.

—Demasiado para mí. No estoy preparado a perder un don que todavía no he conocido ni he disfrutado.

—Simplemente tienes que encontrar el don de no perder nada.

A Hugo se le iluminaron sus pequeños ojos azules.

—Déjame regalarte —dijo él— algo. —Y se acercó un pasito.

Hundió sus manos en el cabello de la italiana, que se reía muy extrañada. Entonces desencajó dos horquillas.

—No puedes retener tu pelo de esta forma. El vaivén de las olas hay que dejarlo natural.

Después de que riera tímidamente, agregó:

—Pero... ¿y cuál es el regalo?

—¿No te notas más libre? Tu pelo es increíble.

Hugo abrió su bandolera y guardó las horquillas. Sofía no preguntó absolutamente nada, porque sabía perfectamente lo que estaba ocurriendo. El color verde volvió alumbrar la atmosfera de Irlanda, y los *leprechaun* salieron a saludar a la pareja con sus cervezas en la mano. Hugo se creía en un sueño, y su sueño —su don— sabía que nunca lo perdería.

«Búscame en donde jamás pienses que esté, pero nunca pienses que estoy donde, desde lejos, precisas que estoy».

# XVI

REGRESÓ A ALBACETE. Después de pasar dos semanas fuera de casa necesitaba volver para reencontrarse con sus amigos y con su hermano, por supuesto.

—¿Qué me has traído? —le preguntó Pablo.

—Te he traído nuevas conversaciones.

—¿Sí?

—Sí.

Y se hizo un silencio.

—Oye, ¿y esas gafas?

—Me gustó cómo me quedaban. Todo se ve diferente con ellas.

—¿Y esa barba?

—La barba de quien viaja.

—¿Has conocido a alguien?

—Si tú supieras...

—Y... ¿Amanda? ¿La has encontrado?

—Solamente en un sueño. Estoy esperando la respuesta a unas líneas que le envié. ¿Y por aquí? ¿Alguna novedad?

—Te vas a reír. —Pablo adoptó en su cara esa expresión tan suya que ya conocía Hugo, ésa que indicaba que le iba a decir algo mitad gracioso, mitad inverosímil, y cuya suma era siempre preocupante—. Una gaviota ha anidado en el tejado. ¡Una gaviota! No sé con qué se puede estar alimentando. La pobre debe de pensar que en Albacete hay playa.

Hugo salió disparado: ¡la correspondencia!

Al abrir la carta que había traído la gaviota y ver el contenido, se le cambió el rostro. Había en sus ojos la tristeza de un león cautivado. Sus cejas, fruncidas, se arqueaban como un arco, un arco de flechas interrogantes.

*¡Zas!* La flecha salió disparada, ahora, hacia Pablo.

—¿¡Qué dice, qué dice!?

Mientras tanto la gaviota levantó el vuelo.

Las nubes, recién cortadas, olían a humedad.

—Está en blanco... —exhaló Hugo quejumbroso.

—¿Qué pensabas que te iba a escribir si tú mismo has dicho que todavía no la has encontrado?

—Mira —musitó Hugo, señalando la parte inferior del folio—. Lleva su firma al final.

—¡Ojo! Eso demuestra que existe. ¡Vamos, anímate! No tienes paciencia, Hugo.

—Sí, supongo...

Pero no lo dijo convincente. Tomó la cajita de cuya historia abstracta comenzó el periplo y guardó la carta plegándola, por su mitad, dos veces, junto al papelito que llevaba escrito el nombre de la musa. La musa que dicen habitar en otro mundo.

—Ahora la caja contiene dos Amandas —dijo Pablo.

—Es cierto, pero los dos nombres deberían figurar lo mismo.

—¿Y qué llevas en ese bolso? —le preguntó.

—Un poquito de ella. Lo que he podido encontrar... —Las retículas de Hugo fluctuaban desazón.

Comenzó a sacar con cuidado los objetos—. En realidad, no he encontrado nada importante.

—Llevas razón —expresó en un tono apagado—, aquí tienes muy poco. —Y comenzó a examinarlas—. Una concha, un botón, dos horquillas...

»Hugo, creo que es por esto por lo que la carta está en blanco. Necesitas más de ella. Cuanto más tengas, más largas serán sus cartas. Amanda empezará a tomar la forma de Amanda cuando la busques de verdad, y sus cartas te harán muy feliz, hermano.

A Hugo le vinieron bien estas palabras, pues estaba claramente cansado de soñar, y es que, como bien dijo un sabio: «los sueños, sueños son».

Se tomó unos días para descansar. Guardó los lentes en un cajón. Se afeitó. Retomó el trabajo de jardinería. Transcurrieron tres días para que volviera a esgrimir su espada, ésa que se colocaba como una flecha en el carcaj de la espalda y con la que se defendía de los peligros de la vida. Esa espada que no era sino su bolso de bandolera, con la cual se sentía seguro, por ser lo único en lo que confiaba, por ser tan afilado en cuanto a los sentimientos que guardaba, por ser tan fiable en cuanto a su material, pues solamente estaba compuesto por ese amor que se tiene a las cosas desconocidas, ésas que sólo se pueden amar desde el misterio.

Decidió empezar la segunda parte de su aventura —ya más consolidada, ya más firme en lo que significaba, ya más efectiva y no tan desordenada—, y comenzó a buscar a sus amigos y arroparse de esas Amandas que todo el mundo lleva, pero que nadie sabe que porta.

Llamó a su vecino Ortega. Eran las doce dadas, y su casa, sobre esa hora, brillaba envuelta en llamas.

Trataron un tema importante que estaba sugestionando a todo el mundo, ése que es como el cuento de nunca acabar y que son las guerras. Pero las guerras del presente, decía Hugo, son algo mejores, porque las balas, al ser invisibles, sólo duelen cuando te atraviesan, y nadie después se hace consciente.

—Y es que el mundo tampoco ve los cadáveres, porque los cuerpos adquieren la magia de los proyectiles y los cuerpos se hacen invisibles con ellos.

Anduvieron por otros asuntos menores hasta parar en uno que interesaba a Hugo.

—Ya sabía yo...—decía Ortega, envuelto en suposiciones—. Me alegra que me lo digas. Además, me alegra mucho más por lo siguiente: he hablado de la peli con un puñado de personas y ninguna la había visto como una película de descripción de los pequeños detalles de la vida.

—¡Ay! Los pequeños detalles de la vida —exhaló Hugo esperanzador.

Ortega continuó:

—Pues, aunque yo me pase por alto muchos y muy valiosos detalles... ¡Mira! ahora sí es adecuada la cita que te he comentado antes. —Volvió a la estantería para tomar el libro, rebuscando entre las hojas, añadió—: «¡Cuántas veces fui incapaz de prestar atención a cosas o a personas que, más tarde, después de que un artista me presentara su imagen en la soledad, hubiera caminado leguas, arriesgando la vida por volver a encontrarlas!». A mí me ocurre lo que se dice en esta cita: paso por alto los detalles hasta que me doy cuenta de su valor y los recuerdo. En este caso, con la película, observamos detalles que la protagonista va a recordar toda su vida. En mi caso, yo me los represento.

Volvió a dejar cuidadosamente el libro y siguió hablando:

—Detalles ya perdidos, lejanos de la degustación por los sentidos, pero muy reales en mi pensamiento. Y por eso puedo decirte que yo tampoco lloro, sólo convierto en tangible lo que se encuentra encerrado en mi espíritu. Lloro recordando minucias, como esos guantes de portero que tenía. ¿Te acuerdas? Los que me ponía para jugar con mi primo cuando éramos pequeños. Ése es un pequeño detalle que hace hermosa la vida —mi vida—. Y puedo emplear más veces el verbo llorar, porque no me desagrada. Es verdad que no me gusta que me vean, pero no me importa que sepan que he llorado.

—Me gustaría, Ortega —aventuró Hugo a decirle mientras caminaba hacia la estantería—, que me contases esos pequeños detalles de los que hablas. —Y pasando la mano por el lomo de todos los libros—: Los que más satisfacen tu espíritu.

—Está bien, déjame que piense.

E hizo su tan característica expresión que lo definía como el gran pensador de Albacete.

Hugo adoptó esa pose que hacen los niños cuando salen con una red atada a un palo para atrapar mariposas en el campo, y es que estaba avizor por si Amanda salía, de pronto, volando de su boca.

—Allá voy. —Se incorporó un poco del sofá y comenzó—: no me gusta la pasta de dientes de adultos. No me gusta que, al equivocarme, se rían de mí. No me gusta vestirme. No me gusta ensuciarme las manos. No me gusta dormir de noche...

—¡Eh, eh! —le atajó Hugo—, he dicho que me cuentes los pequeños detalles de tu vida, esos que hacen que te sientas extremadamente feliz; no los que no te gustan.

—Está bien, está bien. Estoy pensando en una cosa que me hace estar en verdadera calma.

—A ver.

—Me gusta sacar el brazo por la ventanilla del coche y dibujar olas con la mano en el viento.

—¡Oh!, me encanta. ¿Qué se siente?

—Un cosquilleo que empieza en los dedos, asciende por el brazo, y si te concentras, inunda el cuerpo entero.

Hugo ya estaba empezando a sentir esa paz. Intuía que la búsqueda de los pequeños detalles de la vida sería una buena fórmula para rescatar más piezas de la musa Amanda.

—Dime más. Más.

Ortega, lánguidamente, comenzó una lista de sus más pequeños placeres. Se arrellanó en el sofá y acariciando su coleta añadió:

—Me gusta estar en compañía, relajarme, y escuchar de qué hablan. Me gusta cuando se me queda pegada la mano en materiales o cosas muy frías, sobre todo al coger el vidrio de una cerveza casi congelada. ¿Quieres una?

—No, no. Continúa por favor.

—Me gusta ver a gente leer en los bancos y a los niños jugar. Hoy he visto a unos cuantos nenes bañándose en una fuente. Me encanta.

»Me gustan los hoyuelos en la barbilla y también esos que se acentúan en la espalda —decía señalándose mientras se giraba— aquí, justo aquí, encima de la cintura. Me gustan las cosquillas (las mejores las que me hace mi abuela).

»Me gusta el fuego y, sobre todo, hacer fuego. Por eso me encanta tanto salir abrigado de la casa que tengo en el campo para ir a por leña. Busco detenidamente los troncos, palos y palitos que más me atraen; después, los coloco con suma delicadeza en la chimenea. Y siempre, antes de encenderla, reconozco para mis adentros que es imposible que exista una manera más efectiva de encender un fuego. Y me paso hasta el final, hasta que se consume la madera, observando mi vida en las llamas.

»Me gusta bucear y ver el mundo desde el agua. Hacer pompas en forma de O y verlas subir (estando boca arriba y en lo más hondo de la piscina). Las contemplo ascender, las veo como se abren, como se fracturan, como se hacen añicos... Es que... Hugo, ¡es increíble!: las burbujas salen a la superficie y descubren... ¡Oh!, que su naturaleza no es agua, ¡es aire! Fascinante.

»¡Ah!, me gusta encontrarme esas «onomatopeyas de la vida», esas que a veces son *ummm;* otras, *aaah;* otras, *shhh,* y muchas más que van surgiendo.

Hizo una pausa para seguir pensando, pero acabó añadiendo.

—Atrévete tú.

A Hugo le pareció bien y comenzó a pensar mientras se asomaba por la ventana. Los rayos de luz entraban oblicuos, encendiendo el polvo de la atmósfera.

Nuestro héroe debió representarse muy bien el océano en las paredes de su imaginación, porque comenzó una reflexión muy profunda:

—Me gusta el mar. Me gustan los barcos. Me gusta más trasluchar que virar. Me gusta sentir pánico contemplando el azul misterioso de los océanos. Ese negro azur profundo, misterioso, del cual todo lo que se imagine en él puede ser verdad, porque los océanos están, casi en su totalidad, sin descubrir. Es un miedo tan placentero... —decía mientras cogía aire, como oliendo ese aire de deriva—, es tan placentero que puedo asegurar que sería una de las muertes más agónicas que uno puede sufrir. Pero observar el miedo desde el placebo de la seguridad es celestial. Por eso me asomo siempre al linde de todos los precipicios. Porque vislumbrar el miedo es casi tan asombroso que... —Entonces aminoró sus palabras, pues aunque ya había trazado esta reflexión en una playa de Irlanda, lo dijo sesudamente, como volviendo a esbozar el argumento—, tan asombroso como mirar las ábsides de las catedrales... Sí, es igual de placentero que mirar hacia arriba y observar la bóveda entera. ¿Te has fijado? Las ábsides se ven lejanas, grandes y, a la vez, pequeñas. Se ven terminadas en punta, sujetando todo el peso en un punto; idéntico al sentimiento que se tiene al estar en el borde de un precipicio: que se ve todo pequeño y todo grande, y en un mismo punto se concentra, geométricamente como en un cono, la muerte. La bella muerte. La muerte matemática. La catedral no se viene abajo por números. Son construcciones perfectamente calculadas. ¡Ay! —Dio un respingo de asombro—, ¡son como nosotros! ¿Y los que se suicidan? ¿Los podemos considerar como los más verdaderos matemáticos? Puede ser, ¿sabes por qué? Porque no hay nada más perfecto que el caos, ni nada más bello que lo indescifrable, y no saber por qué alguien decide dejar de operar en esta vida... ¡Es tan paradójico...!, ¿no te parece? Sí, es doloroso para nosotros, porque desconocemos por qué cayó tan perfecta estructura, y por eso es bellamente trágico.

Continuaron hasta muy tarde haciendo homenaje a las más pequeñas cosas que nadie hace por valorar.

# XVII

Hugo se fue de casa de Ortega con la lección aprendida. Su nueva vida de caballero se puso complicada. Salió por la puerta, envainó la espada, se colocó sus lentes de vida al revés y dio el primer paso ya consciente de adónde tenía que dirigirse. Marchó a la tienda que hacen grande lo pequeño, y lo pequeño, grande.

—Me gustaría saber los precios de los microscopios. Gracias.

—¿Qué va a observar usted con él? Tengo de muchos tipos.

—Las minucias que me pierdo de la vida. Por ejemplo, me urge ampliar ahora mismo un pensamiento que tengo.

—Está bien, me parece que tengo uno que le va a venir como anillo al dedo.

Hugo se llevó el que le aconsejó el dependiente. Al llegar a casa colocó rápidamente en el cristal del microscopio el pequeño disparate de comparar el placer con el miedo, y descubrió que, efectivamente, muchos átomos de los que están formados los placeres también están sujetos a moléculas del miedo e, incluso, pudo apreciar alguno que era, sin duda, de pánico.

Fue colocando, uno a uno, distintos placeres, pues, como saben los teóricos y también algunos científicos, no hay que aventurarse en formular una teoría sin establecer antes un planteamiento inductivo.

Aumentó el objetivo para observar el beso que le propició Beatriz en el parque y que guardaba en el bolso todavía. Su teoría se fortalecía. El placer del beso estaba enteramente atravesado por el miedo. «El miedo lo crea la posible mutilación», precisó Hugo, que apuntaba todos los detalles en un cuaderno.

«Si los labios se separan, el beso desaparece, entonces, ahí es cuando surge el miedo. Al ser cada beso único e irrepetible, no pueden por menos de temer que se despeguen los rosados labios creadores de este placer, siempre en potencia de desaparecer».

Después de poner en la lupa sus más interesantes secretos, continuó los trabajos de laboratorio combinándolos, en todo momento, con los de campo. Se esforzaba en buscar los más pequeños placeres de la vida para descomponerlos después en el microscopio.

Hizo colección de un sinfín de cosas: paisajes, ladridos, caricias, sonidos, silbidos, atardeceres, lluvias, vientos, pétalos, abrazos, palabras, muecas, signos, toques, casualidades, sueños... En fin, una retahíla de cositas consideradas, la mitad de las veces, insignificantes para el pueblo llano, y bagatelas para algunos académicos. Pero, al microscopio, Hugo no podía por menos de rendirse ante ellas. A sus ojos eran sumamente bellas, tanto más hermosas eran que decidió incorporar para siempre el microscopio a sus ojos. Entonces paseaba por los parques con especial cuidado, porque una piedrecita se le hacía una roca gigante, y comprendió de nuevo por qué lo más bello puede producir una gran carga de miedo, y es que la belleza se aloja a años luz del entendimiento.

Se demoraba en arbitrariedades como es contemplar el vuelo de una hoja de árbol. Cuando se encontraban éstas, de forma abarquillada, aún en el aire, agitadas por el viento, a Hugo se le erizaba el pelo, y es que, para sus microscopios azules, la hoja se convertía en el naufragio de un barco azotado por vientos de altamar.

El miedo siempre va ligado al placer de la belleza porque, cuando se contempla la belleza, uno la divisa muy lejos de sí mismo, y teme, como decíamos con el beso, el aniquilamiento de su naturaleza. Y en el hombre, observar lo bello puede suponer la mutilación de su propia existencia.

Lo único cierto es que el bolso se le fue llenando muy rápidamente, tanto, que a veces se escuchaban ruidos extraños dentro. Pesaba como puede llegar a pesar el aire de todo el cielo.

Llevaba unos días muy agitados, y es que por no dejar de encontrarse a Amanda en cada instante y en cada ser, no había podido advertir que ya había dado con la fórmula para encontrarla siempre que quisiera. Amanda surgía cuando abría sus ojos, los ojos del alma. Amanda se le aparecía cada vez que él se separaba de su cuerpo —cuando se auto-aniquilaba— para verse en cada cosa: en el sonido —por ejemplo— del aleteo de unas aves; o en los colores del sol, que gratinan como un horno las manchas de la atmósfera; o en las ruedas de los coches, que unas veces simulan ir hacia atrás cuando en realidad marchan hacia adelante; o en las margaritas cuyos pétalos se desvencijan, para que unas veces prometan amor, y otras, dolores de corazón.

Amanda era todo lo que no era él, y encontrarla significaba adoptar una mirada pura y estética.

Vació un viejo armario porque el bolso se le había quedado pequeño. Eran incontables las cosas que estaba llevando a casa.

—¡Qué haces con esa regadera! —le gritaba Pablo.

—Obsérvala —le contestaba Hugo pacíficamente—, ¿acaso has visto alguna vez un objeto que esparza tan uniformemente unas gotas que son por naturaleza anárquicas, desiguales y disonantes?

—¿Qué haces, Hugo, con esa caja? ¿Qué lleva?

—Llevo la vida, el tiempo y la transformación.

—Déjame que vea el tiempo, estoy cansado de verlo siempre en el Rolex.

Hugo abría la caja con suma delicadeza, y en su interior se hallaban gusanos de seda. Después, añadía:

—¿Sabes por qué te has aburrido de ver el tiempo en los relojes? Porque los relojes sólo saben de tiempo, pero no de vida. Un reloj nunca sabrá por qué existen minutos alegres ni por qué después se convierten en minutos tristes. Los gusanos de seda te enseñan el tiempo, te muestran la vida y te regalan el cambio, pues en ellos, más que en ninguna otra cosa, se admira una profunda transformación en poquísimos días.

—¡¿Qué traes escondido ahí, Hugo, qué escondes?!

Hugo reía y extrajo de debajo de su camiseta un objeto extraño.

—Pero ¿qué es eso?

—No lo sé.

—¿Y por qué traes cosas que ni siquiera sabes qué son?

—No traigo las cosas porque sepa qué son o para qué sirven. No colecciono cosas por su fin o utilidad. Las cosas, a mí, no me son útiles, Pablo. Las traigo porque significan y existen. Todas las cosas ocupan un espacio y portan sus propios relojes de existencia. Acordarás conmigo en que a veces cargamos con sentimientos que tampoco sabemos qué significan ni qué nos quieren decir. Momentos del alma innombrables, incaracterizables, pero que llevamos con nosotros a pesar de todo. ¿Pero sabes por qué, aún sin tener una utilidad más o menos definida, existen, ocupan y les hacemos un espacio para guardarlos? Porque la mayoría de las veces desplazan una lágrima para poder entrar en nosotros, u otras veces desplazan nuestro corazón haciéndolo bambalear.

—No me digas que también me vas a meter esa estantería en casa.

—La he encontrado por ahí, es perfecta. No sé quién puede tirar estanterías.

—¿Me dices, por favor, por qué lado ves a Amanda en esta estantería?

—Nunca lo vas a entender, Pablo, tienes que mirar más allá.

—No puedo ver más allá, veo una vieja y raída estantería.

—Yo veo tiempo de dedicación. La voy a pintar. Usaré el color apropiado para que Amanda se deje ver en ella. Me está gritando que la pinte naranja. Y después, Pablo, pondré sobre ella los únicos libros en cuyas historias se cuele ella por entre los personajes.

—Venga, no te quedes ahí, entra antes de que te vean los vecinos.

El alma de Hugo se había resbalado por los secretos de la belleza, y Amanda... encontrar o completar a Amanda...

—... Debe ser la mayor belleza que el mundo haya visto nunca.

—O simplemente la mayor belleza que veas tú, Hugo, porque ya ha habido artistas que han pintado sus mejores bellezas.

—Cuando el mundo descubra a Amanda va a ser imposible que no la califiquen como la más bella.

—Y si es así, tendrás que asumir que te la acabarán robando. ¿No te preocupa que puedan arrebatártela para colgarla en un museo?

A Hugo le cambió la expresión.

—Puede que lleves razón, Pablo. Pero, entonces, ¿qué tengo que hacer? ¿La escondo para mí, para siempre? ¿No podré siquiera mostrársela a nadie? ¡Qué rabia, Pablo!

—Recuerda que Dorian Gray ya escondió la mejor obra de arte en su trastero. Es el precio que se paga en estos casos. El artista siempre sufre esa comezón con sus obras. La cuestión es la siguiente —se remangó, y encontrándose sus ojos con los de su hermano añadió—: tienes que elegir entre disfrutar tú solo o mostrarla a tanta gente como desees y arriesgar a que te la roben y quedarte sin nada.

Pablo había dado en un punto de suma importancia.

La encrucijada levantaba ampollas, y Hugo solo repetía en su interior:

«El artista siempre sufre esa comezón con sus obras».

«Pero yo no soy ningún artista, únicamente soy un amante de Amanda. Qué culpa tengo yo si ahora descubro a Amanda observando la vida como ellos. Además... —hizo una pausa, y sus pies, que se encontraban en el jardín dando vueltas (como siempre que se dedica al pensamiento) se inventaban pasos que no eran y tropezaba— ¡No, es imposible! ¿Cómo puede ser que haya adoptado la mirada del artista? Ello supondría, por lógica, que todos ellos ya han podido contemplar a Amanda. Si es así, si todos los artistas han descubierto su belleza, ¿qué me queda de ella, si al principio era todo para mí y, ahora, tengo que conformarme sólo con un pedacito? ¿Y en qué pintura he de cotejarla?, ¿y en qué pieza escucharla?, ¿y en qué figura contemplarla?...».

Hugo estaba hecho un lío.

—¡Pablo!

—Qué.

—Voy a salir.

—¿Adónde vas?

—Al Prado.

# XVIII

Corría el aire que inaugura el mes de septiembre. Los niños ya rodaban sus mochilas y los ejecutivos estrenaban maletines nuevos. Hugo llegó a Madrid soberano de sus impulsos, viajando las dos horas y media con el brazo sacado por la ventanilla, trazando el oleaje bravo del incansable pensamiento. Eran las seis de la tarde y presentía que a esa hora sería imposible llegar y visitar el museo.

Se le ocurrió entonces cuán divertido sería entrar en el edificio en pleno ocaso de la noche, sin nadie más que él mismo, con las luces apagadas. ¡Oh!, se emocionaba. De aquellos cuadros nadie podría afirmar que fueran los mismos de noche que de día. ¿Y quién se atrevería a pensar que *Las Meninas* fuesen las mismas vistas a la luz del día que en la oscuridad de la noche? En la madrugada, sin una sola luz, seguramente, las princesas aprovechasen para descansar, y la habitación del palacio se distinguiese vacía en el cuadro.

Igual ocurriría en todas las pinturas, pues, de tanto realismo, se sabe que todos los dibujados adoptan posturas imposibles. De modo que podríamos decir que posan para la gente por el día, y después, encontrándose todos en el Jardín de las Delicias, celebran festines, quizá francachelas, o simplemente preparan algún banquete. Es divertido pensarlo, se decía mientras esperaba que el semáforo se pintara verde.

Se alojó cerca de Cibeles. Madrid se veía más tranquilo que de costumbre.

Andaba Hugo por las calles y miraba los edificios como si de los tejados colgaran los pendientes de Amanda. Sus ojos se perdían en todas las fachadas blasonadas. Lo admiraba todo, y sus lágrimas resbalaban con cada cierre de párpados. Hugo estaba extasiado.

Declinó el día casi por completo, dejando un cielo cárdeno y unas nubes arreboladas. Una noche estupenda para pasear por Madrid.

El adoquinado de la plaza Mayor era, a sus ojos, el puzle de muchos años de historia, y sus farolillos de luz gualda daban a la plaza un aspecto de cuadro van goghista.

Se hizo a sí mismo una pregunta mientras cenaba en una terraza, por las inmediaciones de Sol:

«¿Qué he venido a buscar exactamente? ¿Qué me ha hecho venir hasta la ciudad de los gatos?».

Pero se contestó cuando, a la mañana siguiente, entró en el museo, escoltado por una miríada de asiáticos.

Limpió en la entrada sus zapatillas, y con sus puños cerrados y los ojos entornados, se frotó bien los cristales azules de su microscopio.

Las paredes eran altas; los cuadros, amoldados a las formas de éstas.

Consideró cada obra lentamente, intentando hallar en ellas la razón de su existencia; el motivo por el cual sus pintores realizaron tales trazos.

«¿Por qué, aquí, colores planos, salpicados con marrones atezados?».

«¿Por qué oscuras sombras en lívidos semblantes?».

«¿Qué buscaban los pintores? ¿A quién querían desenmascarar en sus lienzos: al objeto, la persona en cuestión o a ellos mismos?».

Uno a uno los interrogantes se quedaban sin una voz narradora resoluble.

En cualquier caso, Hugo estaba buscando entre todos los cuadros a Amanda. Si descubría a un pintor que ya la hubiese rematado en sus frescos, significaría que existió para otras personas y el encanto de su belleza fue perpetuado en las cremas de sus colores.

Y es que una simple mácula con pretensión de Amanda bastaría para comprender que la musa se esconde detrás del arte, y que sólo las pupilas capaces de entrever sublimidad en la belleza pueden regocijarse con las pinceladas de los retratos, que, si bien para unos no dice nada, a otros se les abre un mundo esotérico de pura magia.

El mundo de la magia debe ser el mismo que ya consideró un filósofo y que apodó como *místico*. Un lugar únicamente abarcable si a él se entra con la mente deshollinada, hueco el cráneo y libre de cualquier *Capricho* que ya pintara Goya, quizá buscando las piezas de su puzle. Un lugar abarcable si se comprende que el misticismo es sólo pensable si se vacía también de todo lo que nos hace humanos, y, así, levantarnos únicamente con la certeza de que somos espíritus etéreos cuya capacidad estética está recubierta de espejos contemplativos de la realidad, para devolver al arte lo que es del arte y, a la belleza, sus bellezas.

Sólo en la belleza de los pigmentos, en sus trazos más finos, en la suma de los puntos que forman una mano, una sombra, una perla, una lágrima..., ahí se descubre que la vida se forma en porciones diminutas, y que la suma se distingue por sus partes, e, igual que la paz se descubre sumando las bocanadas de aire más frescas, también la naturaleza se compone por lo corpuscular; y en el amor, por las caricias; y en la amistad, por las sonrisas; y en Amanda... Amanda se forma con numerosas partes de la vida: de amor, de amistad, de paz, etc.

Hugo apuntó distintos pensamientos en un cuaderno:

«*Le belle disparue* es impensable si por ojos se tiene la rabia de la humanidad. Ella sobrevuela los cielos de todas las mentes y, sin embargo, sólo se encuentra fuera de los cerebros».

Estaba seguro de que debía existir una Amanda en cada obra de arte, pero distinguirla a veces podía ser imposible.

«Amanda apenas se deja ver a los ojos, porque abarcarla comprende la aceptación de que pueden existir espejos que no reflejen y vidas que lo reflejen todo. Porque Amanda, al igual que un Picasso, sí puede existir en la imaginación del artista.

Quizá esta musa sólo se hace perceptible a quien por ojos observa del revés, o quien en sus ojos incrusta lentes de microscopios, u ojos de quien aprecia la belleza y sabe que el universo no es sino un garabato de arte.

Amanda se hace ver en los relojes, cuyas manecillas no mueven las horas, y en vez de señalar el tiempo las agujas, Amanda vacila en ser la bailarina más laureada, porque repite su actuación infinitamente en todas las esferas temporales».

Hugo se acercó por un vasto pasillo hacia una sala mal comunicada, a un cuadro más o menos escondido al público que le llamó notablemente la atención. Era diferente al resto. Tenía el tamaño de una postal y la pretensión de ser el más grande. En él se repetían los colores iridiscentes de forma caótica, manchando el trocito de tela sin formar una sola forma. Abstractamente se fundían los charcos de pintura en oscuros paisajes, dando la impresión de recalar en instantes fugaces del ánimo. El cuadro no tenía autoría.

Cuando retomó el paso para continuar la visita, sintió la necesidad de volver al cuadro. Lo hizo. Se acercó de nuevo y, efectivamente, lo descubrió diferente. Sentía que se coloreaba diferente por cada vez que sus pupilas lo fijaban. En aquel momento apreció, entre sus desordenados colores, la figura de un ojo. Pensó que sería la ventana al alma del cuadro, y se preguntó si todas las obras conseguirían este efecto.

Contuvo su microscopio en un objetivo difícilmente soportable: al cien por cien de su capacidad de aumento. Los poros de los colores ajaban su escrutinio. Y, por fin, descubrió la mirada de Amanda, que lo miraba con toda su alma. Se podría decir que las almas de ambos se fundieron, o mejor dicho, que Hugo era todo alma.

Dejando muy de lado su vida adoptó, con esa mirada contemplativa, el espíritu del arte en sus pupilas. Amanda era la belleza del instante y él no existía.

Parpadeó, y los colores se movieron. El cuadro cambió por completo, desmoronándose los pigmentos en sus mezclas para acogerse a otras muy distintas.

Entonces escribió en su cuaderno:

«He descubierto la naturaleza de Amanda».

Un recuerdo aterrizó de pronto en las sienes del inexistente sujeto con la fuerza de un rayo. Lo anotó también:

«¡Qué semejante es el cuadro a las efélides de Arancha, la pecosa irlandesa de Alicante!, que decoraban sus mejillas de ardientes naranjas; porque en ella, como en el cuadro los colores, sus pecas también cambian de ubicación. ¡Y qué parecido también este cuadro a aquellas truchas que manifestaban ser más parecidas a una gama de naranjas que a pescados de agua!, truchas que eran naranjas huidizos, escurridizos y movedizos.

Pero, ¡qué tiene el color naranja! ¡Qué tiene el naranja que siempre que parpadea es para hacer aparecer u ocultar a Amanda!».

Y en ese momento, su espíritu también tuvo que desplazarse un poquito, porque la visión del ojo que había alcanzado en el cuadro había desaparecido. Amanda se había marchado.

Continuó la visita pensando, y parecía que andaba por el infinito. Sonreía alegre por el Prado y recorría los pasillos resueltamente como si estuviese paseando por un prado. Había reconocido un secreto muy íntimo: el color que le daba existencia era el de las margaritas anaranjadas o el de las *crossandras* en los jardines más vistosos. El naranja guardaba un secreto, y estaba preparado para averiguarlo.

Fue, además, oportuna la llegada de una galería temporal de pinturas de Botticelli, pues consolidó esta teoría.

En su obra magna *El nacimiento de Venus*, Hugo reconoció la naturaleza de Amanda en aquella diosa que el pintor representaba; seguramente por su incandescente melena pelirroja, con la que se tapaba sus zonas más privadas, y se fijó en que la concha —en la cual erguía la figura las curvas del amor desnudo— era idéntica a la que se llevó de la playa del Carabassi, porque creyó que formaba parte de su deseo. Una concha bordada en naranja y nacarada en su interior.

«¡*El nacimiento de Amanda* debiera llamarse este cuadro!»

El que es el color de los frutos del naranjo se había convertido en la base de la felicidad de Hugo, y no dudó esa misma noche en ir a ver al sol ponerse, para pensar que Amanda también duerme, y después, pensaba ir también y contemplar el amanecer, para pensar que también Amanda despierta.

# XIX

Cuando Hugo salió del museo se sentía una persona distinta, como si, de pronto, sus ojos hubieran cambiado u oscilado levemente hacia un lado —como los ojos de algunos animales, que al tener sus orificios oculares en distinta proporción a los de los humanos, o, directamente, ladeados, como los camaleones, figuran un mundo completamente distinto al que ve el hombre— porque nada en él era como antes; su realidad había cambiado y su cerebro interpretaba de distinta forma. Pensó, primero, que acaso sus nuevos microscopios estaban defectuosos, ya que todo lo que recibía podría considerarse falso; en contra, jamás había advertido —para su juicio— un mundo más verdadero.

Todas las fachadas parecían despedir un oxidado y anaranjado tono, y de sus balcones, preciosas caléndulas respiraban el polvillo mágico que desprenden los niños en sus camas, leyendo e imaginando los rincones del misterio de sus cuentos. También la luna titilaba flameante un color azafrán, como las calabazas alimentadas con destellos de velas encendidas. El empedrado por donde hincaba Hugo sus zapatos brillaba en armonía con los colores gualdas de las farolas, y en sus charcos, el cráneo lunar se reflejaba artísticamente. Se trataba de un precioso Madrid en ascuas, como si sus calles fueran las protagonistas de una película, y la bóveda, el escenario. En escena aparecía Hugo, y todo Madrid era el foco de sus sentidos.

«¿Este Madrid ha sido así siempre?», se preguntaba.

No había nadie que no mirase el gesto tan singular de Hugo al andar, parecía traído de otro planeta. Su cuerpo acariciaba el suelo, lo recorría casi sin rozarlo. Caminaba lánguidamente, con la cabeza puesta en tantísimos puntos que sus rizos no paraban quietos. Parecía un búho. Sus brazos hendían el aire con delicadeza, y sus alargados dedos bailaban un ritmo que sólo él llevaba en la cabeza.

En el recodo del Retiro una siniestra sombra se descubrió como la Amanda de las oscuridades. Se trataba de una persona. En sus manos descansaba el primer gabán de otoño, algo que sorprendió a Hugo, porque no conocía a nadie más veloz que las mismas estaciones del año. Conforme se fue acercando a ella, más sinsentido se le hacía todo, y es que por vez primera tomaba velocidad para no demorarse en conocer a esta nueva pieza de su puzle, y aún más por acercarse a ella sin prestar atención a las palabras que le dedicaría, cuando la importunase.

Cuando llegó, la sombra estaba de espaldas, y de alguna forma le era familiar. Llevaba botas de montaña, vaqueros negros y blusa oscura. El pelo lo llevaba apresado por dentro de la camiseta y su color rociaba destellos rojizos, montañosos, como mojados en tierra de oro y escurridos en el frío de un otoño imaginario, en suma, su pelo era castaño. Se acercó todavía más, sin palabras en su garganta, y pudo oler el aroma a florecillas silvestres de su cabello que, como una serpiente, se introducía en una trenza por su espalda. Aquel olor colisionó con recuerdos fragmentados de su pasado. ¿Acaso es que conocía a esta madrileña?

La negra sombra que se encontraba sin razones por Madrid se dio la vuelta sin contraer una leve mueca de espasmo o de susto al ver tan cerca el rostro de Hugo. Cuando sus ojos se encontraron estaban a menos de medio metro. Una sonrisa cruzó por el rostro de ambos. Al no mediar palabras, podría parecer que se conocieran, y mientras los segundos discurrían, ellos solamente conversaban con haces de mirada y leves arcos en sus comisuras.

La sombra del gabán era una mujer de tez nívea. Sus ojos alineados a la oscuridad le daban el aire de un vampiro. Su nariz chata y su agradable sonrisa rebajaban el aspecto imperturbable de su mirada.

—Te estaba buscando, Hugo. —Y sus ojos se tornaron vidriosos.

Hugo quedó estupefacto.

—No sabes quién soy, ¿verdad? —añadió ella a un Hugo preso del miedo.

La bombilla de la farola se prendió por fin y ambos pudieron verse mejor. La cogió Hugo por los hombros y la giró treinta grados, para despejar de su rostro la sombra que él mismo opacaba.

Su atrevimiento y confianza despertó confusión en ella, que amagó con abrazarle.

—¿Cómo te llamas? —susurró Hugo.

—No me llamo —optó por contestar mientras se ablandaba con la fuerte presión que él ejercía con la mirada.

Hugo sentía a esta sombra nocturna diferente, como si, de una vez por todas, el universo *amandés* se hubiese materializado en un cuerpo.

—¿Quién eres?

—No soy.

—¿No eres? —vocalizó trémulo él.

—Sí, sí soy, Hugo. Soy mucho... soy más de lo que puedas imaginar. No me hagas más preguntas —dijo, mientras sonreía con esa feliz expresión que dejaba al descubierto las pepitas del placer de su boca—, tengo que mostrarte algo. Entonces, podrás contestarte tú mismo.

La chica del gabán marchó con la seguridad de que Hugo acompañaría sus pasos por detrás. Entraron a un portal, subieron hasta el pináculo de aquel centenario edificio.

—Aquí es. Vamos a entrar.

Era un ático bastante antiguo.

—¿Vives aquí? —le preguntó Hugo cuando ella giraba el picaporte.

Pero ella contestó:

—Ésta no es mi casa.

Y después de que hubiera recorrido la antesala con Hugo expectante a su espalda, tras entrar en el salón principal, ella repitió con agradable semblante, ojos de sinceridad y voz carismática (mientras cambiaba de sentido el interruptor de la luz):

—No es mi casa Hugo, es la nuestra.

Pero él, que se había encontrado a quemarropa con un gran retrato al encenderse las luces, no pudo menos que desmayarse.

## XX

EL PISO LUCÍA UN COLOR NARANJA SUAVE y estaba decorado minimalistamente. Lo único en abundancia eran las plantas, que permeaban el ambiente con aromas tropicales. En cada mueble se podían apreciar algunos retratos de una pareja: la chica del gabán y un joven con el mismo semblante que Hugo. Habría quien afirmase que se trataba del mismo Hugo una década más joven.

—¿Qué significa esto? —expresó Hugo. Una amarga extrañeza cruzó la faz de su rostro—. Soy yo... —musitaba mientras agarraba uno a uno los portarretratos—. ¿Qué significa esto?

Ella lo miraba con el brillo de tristeza en sus retinas y el gesto de los que todavía les queda algo de esperanza. Le indicó que se sentara con ella en el sofá, pero él seguía con sus ojos en cada retrato. Miraba las fotografías con la fuerza con que se mira a un volatinero, mandándole energía y equilibrio con el fin de desorientar una caída al vacío.

—Siéntate, Hugui —le exhortó cariñosamente ella, y acarició el hueco libre del sofá.

Muy lentamente acabó hundiéndose en él.

—¿Todavía no recuerdas nada? —dijo ella.

Hugo desplazó su absorta mirada que se hallaba en un retrato en el que salía sonriente con un muñeco de nieve y la miró a ella a los ojos.

—En mí puedo sentir que no me queda demasiado para hacerlo.

Se echó las manos al pecho mientras cerraba con impotencia sus párpados. Un dolor lo apresaba. Ella pasó el tibio dorso de su mano para secar una descuidada lágrima ahogada que le caía a Hugo por la mejilla. La sintió extremadamente fría.

—Lo vas a hacer, Hugui. —Lo abrazó, y en un acceso de tristeza rompió a llorar entre sus brazos.

Podía apreciar Hugo cómo ese desconocido dolor se intensificaba, repitiéndose en circuito por todo el cuerpo. Apretaba su pecho con tanta fuerza que deseó su propia muerte.

Intentó olvidarse de su dolor y correspondió el abrazo de la desconocida, y en el momento en que pasó sus brazos por detrás de la espalda de ella, y sus corazones, al unísono, se arremolinaban en latidos de amor, pudo sentir que se estaba vaciando de aquel inefable dolor, convirtiendo a la chica del gabán en el más puro sentimiento de existencia. Hugo quería vivir en sus brazos, detenidos en ese instante. Se estaba fundiendo, con el abrazo, a Amanda.

—Amanda —dijo él en su oído.

—Dime, Hugo —contestó ella.

—Te he estado buscando... No sabes con cuánta fuerza te he estado buscando.

—Yo, Hugo, te he estado esperando. No me importaba llevarme la espera a la tumba.

—Amanda.

—Dime, Hugo.

—No sabes en cuántos sitios te he visto. Estás en todos lados. Mi obsesión era dar contigo.

—Sólo estoy en tu corazón, Hugo.

—Es posible... Te he ido proyectando en cada sitio donde mis ojos miraban.

—¿Dónde me has visto?

—Hoy, en un cuadro. Ayer eras una gaviota.

Amanda sonrió.

—Te haré recordar, Hugo. Te haré recordar porque no puedes imaginar cuántos recuerdos preciosos estás perdiéndote.

—Dime uno. Me muero por saber uno.

Amanda levantó su barbilla para mirar al techo. Su cuello se pronunció como el de un cisne, y su clavícula, que surgía para dejarse admirar, dejó dos bonitas huellas en su piel.

—Las casas rurales. Adorabas viajar y quedarte en casas rurales, como tus padres hacían. Íbamos tú y yo. A veces tú y tus amigos. Otras veces iba yo y también tus amigos. Pero hubo un viaje que para ti fue especial. Una casita de piedra y madera en un pueblo de Cáceres; se llamaba Segura del Toro. Fue especial y nunca me dijiste por qué, pero se te iluminaban los ojos cuando hablabas de ella. Fuimos solos, en pleno invierno. ¡Ay!, qué bien me lo pasé. La chimenea calentaba todo..., y el vino..., el vino se enfriaba en la nieve que caía en el patio. Hacía mucho frío. Dormíamos con el edredón hasta la puntita de la nariz.

—Quiero volver a esa casa, Amanda.

Amanda dio un respingo de felicidad.

—¡Cuando quieras! —expresó con efusividad. Y tras una pausa, después de abrazarlo otra vez, continuó—: Hugo, no me importa si no consigues recordar nunca. No te presiones más. Seremos felices empezando nuestra vida desde hoy. Sólo importa el presente.

—Yo recuerdo, Amanda —declaró Hugo—. Lo recuerdo todo, pero no recuerdo con imágenes, lo hago con sentimientos. Cada día encuentro una pieza del puzle: un brillo del sol golpeando el cristal de una ventana me sugiere algo: un sentimiento, y una lágrima logra escapar de mis ojos. No sé qué es, no sé qué puede significar, pero me invade un sentimiento demasiado bello, demasiado nostálgico, demasiado perfecto: es un recuerdo.

»A veces, el gato de mi vecino me asusta cuando salta al saliente del tejado, y entonces.... de nuevo... esa sensación, como si fuese un recuerdo, ¿sabes?, lo sé porque vuelvo a ser víctima del derramamiento de otra lágrima.

—No puedo imaginar todo esto que me cuentas. Pero debe de ser precioso.

—Son recuerdos, Amanda. Aunque no lo creas, puedo recodar.

—Puedes recodar...

—Estoy ciego, pero puedo ver.

—Puedes ver...

—No veo mi pasado, Amanda, pero vivo con él.

—¿Y el puzle?

A Hugo se le dibujó una sonrisa en la boca, se le notaba más suelto a pesar del encontronazo que acababa de tener con el presente. Porque, efectivamente, había retomado una vida que dejó abandonada. Su continuidad estaba esperándolo ese día, a esa hora, en esa sombra del parque del Buen Retiro.

—Todas las piezas del puzle las voy guardando para después montarlo. Tengo un bolso lleno de piezas. Te encantaría verlas.

—¿De verdad? ¿Y qué forma el puzle?

—A Amanda.

—¿A mí?

—Bueno... de alguna forma, sí.

—¿De alguna forma?

—Sí, es que... Amanda es nuestra vida, son nuestras acciones, son nuestros días, es cada segundo, es arte, es pintura, es una concha, es una canción, es un beso, es un color... Amanda no sólo eres tú, es todo.

—Voy a darte, Hugo, una pieza fundamental para tu puzle. —Y con mucha cautela se acercó a su cuello, tomándolo fuerte, acariciando con sus bermellones labios la oreja derecha, y susurró tibiamente—: Te quiero.

Y a Hugo se le escapó otra lágrima.

A la mañana siguiente, pidió a Amanda lo que nunca le había pedido a su hermano. Tenía mucho miedo por chocar con una verdad dolorosa, pero ya había llegado el momento de reconstruir otro puzle, el de su vida.

—Amanda, ¿quién soy?

Ella se paralizó. Después contestó:

—Eres Hugo. No quieras ser nada más. Una persona con mucho carisma que hace feliz a mucha gente.

Los hilos de luz comenzaban a empujar el aire del espacio de la habitación, y las calles comenzaban a resonar como resuenan siempre las calles de Madrid.

—No, dime quién soy. Dime quién fui.

Amanda lo abrazó.

La habitación se volvía nácar con ligeros colores anaranjados.

—Mira, Hugo —le dijo ella, y se remangó hasta el codo su blusa—, voy a decirte quién eras. —Entonces giró el brazo y le señaló un corazón que tenía tatuado. Un sencillo y pequeñito corazón de los que se forman dibujando el número tres y después, estirando cada una de sus extremidades, se juntan en pico una extremidad con la otra.

—Es un corazón.

—Déjame mostrarte qué clase de persona eras —repitió—. Esto fue lo que tú me hiciste a mí una tarde de invierno hace ya algunos años. —Se pausó—. ¡Ay!, me entra nostalgia, Hugo, lo recuerdo como si fuese ayer. ¡Vamos, remángate!

Hugo se remangó. Amanda cogió un rotulador y le dibujó el mismo corazoncito en su antebrazo.

—Ahora —dijo ella—, quiero que me señales con el dedo dónde tienes el corazón.

Hugo se paralizó, no sabía muy bien qué corazón tenía que señalar. Entonces, después de mirar a Amanda un poco extrañado, optó por señalar su corazón, el del pecho, el que tanto adolecía por instantes.

—No, Hugo, quiero que me señales el corazón.

—Pero estoy señalando mi corazón.

—Sin duda, Hugo. Pero en la vida vas a encontrarte con muchas cosas que te van a parecer iguales, pero no lo van a ser; tienes que saber diferenciar. Es crucial para tu vida que sepas diferenciar las cosas que puedan engañarte. Señálate el corazón.

Y Hugo, esta vez, señaló el corazón recién dibujado en su brazo.

—Ahora sí, muy bien. ¿Sabes qué pasa cuando te tocas este corazón? Que es así como tocas el mío. A partir de ahora, Hugo, yo seré para ti este corazón.

Hugo se quedó sin palabras. Guardó silencio. Se miraba el corazoncito y ella sonreía con sus ojos negros vidriosos.

—Esto es demasiado perfecto, Amanda.

—Siempre fue perfecto, Hugo.

Pero para Hugo era más que perfecto. De tan perfecto que era rozaba lo irreal.

—¿Cuánto te quise, Amanda?

—Lo mismo que me quieres ahora.

El sol parecía inundar la habitación por segundos. Se hallaban en la habitación de matrimonio, y un cuadro comenzó a brillar. Era un Pollock que exhortaba mentiras y verdades.

—Amanda, a veces me noto que los días pasan como sueños, ¿es porque estoy soñando?

—No, Hugo, tu vida no es ningún sueño. ¿Te gustaría que tu vida fuese un sueño?

—Me gustaría despertar y estar de verdad con Amanda.

—Pero, Hugo, yo soy Amanda.

Amanda se levantó para echar el toldo del balcón y toda la habitación adquirió el temple de un color anaranjado, como el naranja que el sol pinta a brochazos sobre el mar en su amanecer.

—¿Por qué me enviaste una carta en blanco? —expresó Hugo.

—¿En blanco? Jamás, Hugo. Te expresé cuánto te quería. No pude ser más sincera contigo.

—Estaba en blanco...

—No, Hugo, no te engaño. Quizá se borrara por el camino.

—El camino ya se ha borrado, Amanda. No tengo camino. No hay camino. No sé hacia donde voy. ¿Lo sabes tú?

Amanda quedó en silencio, con una expresión triste.

—Hugo, da igual la carta. Estamos de nuevo juntos. Tu camino era volver a casa.

—Prométeme que no estoy soñando.

Amanda se acercó, hundió todo su peso en la cama, se inclinó buscando la frente de Hugo, y mirándole a los ojos le dijo:

—Te lo prometo.

Después de pasar una mañana agradable, con más miradas que palabras, ella acabó por decirle que tenía que irse fuera unos días por motivo de su trabajo.

—Quédate aquí, Hugo. Serán solamente dos días. Quédate, por favor. No te vayas, estamos tan cerca de conseguir todo por lo que hemos luchado... No te vayas, por favor, y espérame; sólo serán dos días.

—No me iré. Pero no encuentro razones para que tengas que marcharte de pronto. Antepones tu trabajo a lo que tantos años llevabas esperando: mi regreso. Me has prometido hacerme recordar, y te vas.

—No te enfades, *porfi,* Hugui. Dejaré todo listo. Me pediré vacaciones. Pero esta reunión es importante. No te vayas, estás tan cerca de encontrarte.

Y se fue. Se fue tan rápido que a Hugo le pareció una estrella fugaz. Se marchó con un sombrero de piel. Uno de esos sombreros que se utilizaba en las despedidas en las vías del tren cuando las señoritas lo levantaban para decirles adiós a sus novios, que iban directos a la guerra, casi siempre para no volver.

Hugo fue directamente a la cama, conmocionado por aquella despedida tan brusca. Se quedó oliendo la almohada, que olía perfectamente a Amanda, y allí decidió permanecer hasta que ella volviera. El espesor naranja inundó la habitación. Ya era completamente de día.

Pasaron dos días y Amanda no regresó. Pasó una semana y Amanda no regresó. Pasó un mes y Amanda no regresó. Hugo, con su barba larga, su pelo astroso, su cuerpo envejeciendo, quedó tendido en el sofá. Miraba constantemente los retratos que sobre los muebles se apoyaban, mirándose diez años más joven y siempre a la vera de una chica de ojos negros que llamaba la atención en todas las fotografías.

Los retratos pesaban sobre él, y el tiempo los iba separando más y más.

Un mes más estuvo a la espera y Amanda seguía sin regresar. Cada vez existía más distancia entre su cuerpo delgado tendido en el sofá y el día en que alguien tomó aquellas fotografías que decoraban todo el salón. El salón, por cierto, al igual que la habitación grande, se difuminaba con las telas de los toldos de los balcones, y solamente dejaba entrar la viva luz de los colores ardientes.

Se fijaba en el retrato en el que aparecía rodeando los hombros de Amanda y, en el fondo, aparecía un coche de los años setenta. Ella, resplandeciente.

En otra foto aparecían remando en una barca del Retiro, riendo como sólo se ríe en una vida que se vive en el momento, pues acaso amagó la barquita con volcar y la foto se disparó con el susto en sus bocas, reflejando la alegría y el bienestar en sus comisuras.

Las fotografías representan momentos —instantes—, pero sólo son recuerdos.

Hugo se dedicaba a pensar: nunca se deben contemplar las fotografías con las pupilas, hay que admirarlas como se admiran las pinturas: con el alma. Se trata de momentos perdidos y reflejan almas del pasado. Las horas y los minutos de un día que, recordados en papel impreso, traen al presente algo irrecuperable, pues por pertenecer al pasado, se hacen intangibles a nuestras manos y solamente pueden ser abrazadas apagando los ojos y pensando con el alma.

El pasado se puede añorar en una lágrima, pues casi todas las lágrimas vienen de ese viaje que son nuestras acciones pretéritas, y por tanto, al llorar —como lloraba Hugo al mirarse en esas fotografías— se recupera lo poco que queda de esos días, de esos momentos, de esos instantes que una máquina decidió, empero, fijarlos para siempre con un mero clisé. Y es que, con el simple movimiento de un dedo, pulsando el botón, la máquina fabrica una foto, pero una persona, accionando con la boca una palabra, o con su mano una caricia, o con sus brazos un gesto, toman para siempre la imagen de un recuerdo. Para aquéllas no significa nada una fotografía, para el hombre puede significar todo.

«¡Cuánto en tan poco!», decía.

## XXI

Hugo había prometido no moverse del ático, y ya llevaba tres meses bajo la cálida luz que los balcones oxigenaban a través de sus toldos naranjas. La había encontrado. Habitaba en su casa. Hugo ya conocía a Amanda, pero Amanda había desaparecido. ¿Dónde te has ido, Amanda?

No había un día en que no pensara si todo había sido un sueño, pero hacía el esfuerzo por contrariar este pensamiento y se acurrucaba abrazando un vestido verde que había encontrado en uno de los armarios. Un vestido que Hugo tenía en mucho por un sentimiento que figuró ser un recuerdo. Quién sabe si fuera el vestido que vistió ella cuando se conocieron.

Miraba por la ventana para buscar el brillo de su pelo castaño, pero desde tan alto apenas podía más que concentrar una postal de un Madrid diminuto cuyos coches, personas y mascotas transitaban con la misma cadencia que una canción de los Beatles. Lejos, muy lejos de la vida que había imaginado, no fue consciente de que se estaba muriendo en un ático cuya dueña había desaparecido.

¡Ni siquiera le dijo en qué trabajaba! Hugo rebuscó por los cajones buscando respuestas. Algo le habría pasado, supuso. Y fue fisgando entre los rincones de la casa cuando halló una carpeta médica bajo el título de Hugo García y un cuaderno precintado por una goma; esto último se trataba del diario de Amanda. Volvió a mirar por la ventana por si aparecía por fin. Nada. Entonces se sentó en la mesa del salón, la cual estaba iluminada por los colores del día. Amagó con abrir la carpeta médica. Por un segundo, estuvo a punto de hacerlo. No. Solamente fue una tentación. Saber su pasado no iba a cambiar su presente. Lo decidió en el momento. Él, que lo único que conocía era el presente, ¿de qué le servía chocar de pronto contra su pasado? ¿Acaso se identificaría con él? Su *ahora* no era otro que encontrar a Amanda. Verdad es que, ahora, ni siquiera sabía si la Amanda del ático era la Amanda que él buscaba, pues tenía claro que un abismo distaba entre el pasado y el presente, y si aquella Amanda era solamente cosa del pasado, ¿para qué perder el tiempo enamorándose de algo que ya fue y no enamorarse de lo que va a ser? Comenzó a cuestionarse todo, incluso amagó con dejar aquel piso, pues le estaba matando, y es que, quien se aferra en volver a las cosas añejas de los días pasados, sufre las penas de un reloj desfasado: que nunca marchan hacia adelante sus agujas, sino en espiral y hacia el olvido. Y aunque el hombre se queja de que el presente avanza demasiado rápido, no hay nada mejor que esto, porque cada segundo es nuevo y siempre se dispone de tiempo para volver a empezar.

Abrió el diario de Amanda. Una postal cedió a la gravedad: marcaba la última página escrita. Decía lo siguiente:

«14 de agosto del...

Diario de todos los días,

no puedo menos de esgrimir una sonrisa en este brillante día. Brillante porque el sol ya entra por las ventanas como nunca lo ha hecho, y el naranja del salón ya toma esa textura que tanto le gusta a Hugo.

Ha sido larga la espera, pero hoy por fin nos vamos. ¡Sí! Ya por fin nos toca disfrutar. Hugo se está duchando y yo estoy preparando las cosas de última hora.

Estoy impaciente por ver el mar, y más todavía por recorrer de punta a punta la orilla, únicamente con mi bikini nuevo, y hundiendo, eso sí, mis pies un poquito en la arena húmeda donde desfallecen las olas. Ha sido un año tan largo..., ¡muy duro! Un año de mucho trabajo.

¡Nos vamos! En menos de cinco minutos nos vamos y no voy a escribirte hasta que vuelva. Sé que no voy a tener tiempo ni para abrir mi libro de todas las noches, y por eso es que no te llevo. Te dejo aquí, preparado para cuando vuelva, para cuando en mí regrese la pena o sufra ese síndrome al que llaman *posvacacional.* Aquí estarás para escucharme.

Desgraciadamente, hasta pronto».

Hugo cogió un lápiz y escribió en la siguiente página:

«3 de noviembre del ...

Magnifico viaje, Amanda. Estoy seguro de que descansaste a mi lado. Ojalá pudiera rellenar yo estas páginas en blanco y contar a tu diario lo bien que tuvimos que estar en esa playa. ¿Qué playa fue? Bueno, qué importa. Bañaste tus pies en unas aguas que pueden ya haber viajado hasta el otro lado del mundo. ¡Es magnífico!, ¿verdad? El agua que acurrucó con sus pliegues y moldeó tu hermosa figura ha de permanecer todavía en algún sitio del océano: meciéndose, mezclándose, dispersándose... ¡Increíble!

¡Ay!, Amanda, me gustaría tanto abrazarte mientras esa capa natural que es el agua me hace resbalar entre tus curvas. Me gustaría tanto fijar contundentemente mi mirada en las gotas de agua escurriendo por tu cuello... Y contemplar tu pelo, mojado como sólo puede estar, y rojizo como debe ser debajo del sol, zigzaguear por tus tersos hombros y también por tu larga espalda, la cual concluye allí donde empiezan tus nalgas, que dan nacimiento a tus dos perfiladas piernas, nacaradas y esculpidas por la más inteligente naturaleza.

¡Amanda!, olvida los pensamientos que he podido tener estos días. Sé que eres lo que buscaba. Sé que te amé, sé que te amo, y sé que te amaré. Pero, Amanda, no entiendo una cosa, ¿por qué te has ido dejándome tan solo? Te has ido y yo me cuestiono cada vez más las cosas. Necesito rehacer las piezas del puzle, ¿qué me estás dando tú además de sufrimiento y soledad?

Amanda, te perdono todo, pero vuelve pronto. Sé que volverás a mi lado porque sé lo mucho que me amas.

Sácame del abismo para empezar una vida nueva y no vuelvas a mencionarme cómo fueron nuestros días antes. Quiero empezar desde cero, quiero amarte hasta el infinito. Mi puzle, Amanda, te quiero.

Por cierto, Amanda, ¡es tan bonito Madrid desde tu ventana! Y el color naranja que entra para iluminar toda la casa...

Mi pecho está henchido de paz. Aquí te espero.

Tu Hugo».

Cuando cerró la libreta, sonó el timbre. No sabía muy bien qué sentimiento invadió su corazón, pues aquel *ding dong* lo primero que trajo fue una punzada en su pecho. Sus sienes toparon de pronto con un tropel de recuerdos ofuscados y brumosos, como esas palabras que se mantienen en equilibrio en la punta de la lengua pero no quieren salir nunca, sus recuerdos se resistían a salir de la oscuridad del olvido.

Miró por la mirilla y rezó por que fuera Amanda. Abrió de inmediato cuando vio que se trataba de Pablo.

—¡Hugo! Joder, Hugo.

Pablo lo apresó con sus gruesos brazos hasta dejarle sin respiración.

—Joder, Hugo —ninguna otra palabra salía de su boca, pero sí de sus ojos.

Hugo se extrañó de que su hermano estuviese allí, y mientras éste le oprimía los pulmones, él, como si hubiera olvidado que lo que necesitaba era llorar en brazos de alguien, comenzó a lagrimar.

—¿Qué haces aquí? Llevas más de tres meses sin dar señales de vida. Vámonos, Hugo.

Pablo se enjugaba las lágrimas de sus ojos fuertemente y no dejaba que se notara su profunda tristeza.

—No podemos irnos, Pablo. Amanda está a punto de llegar.

—Hugo..., nos tenemos que ir.

—¡No! —Y retiró el brazo de su hermano que le rodeaba el cuello de una sacudida—. Vete tú. Amanda va a venir ahora.

Su hermano inclinaba su cabeza, y de sus ojos brotaban más lágrimas. Pablo se volvió a acercar a él, posó su frente en el pecho de éste y lo volvió a abrazar. Pero Hugo volvió a retirarlo de un empujón.

—¿Por qué has venido? ¿Cómo sabías que estaba aquí? ¿Tú lo sabías, verdad? ¿Por qué nunca me lo dijiste, Pablo? Sabías que Amanda era mi mujer y que vivíamos aquí. Me hiciste buscar como un loco a Amanda..., y tú, tú lo sabías... ¡Dios, no lo entiendo! sabías que vivíamos aquí. Sabías todo y no me dijiste nada. ¡Márchate!

Pablo no podía pronunciar una palabra. Lloraba desconsoladamente y no se sostenía de pie. Hugo seguía sin saber por qué su hermano se comportaba de esa forma.

—Hermano... ¿confías en mí, verdad? Sabes que nunca te haría daño. No te dije nada porque quería lo mejor para ti.

—Me has ocultado mi propia vida. Tenía derecho a saber quién soy. ¿Quién soy, Pablo? No sé nada sobre mí.

—¡Nunca me preguntaste!

—¡Cómo que no!

—Nunca lo hiciste. ¿Qué iba a decirte, además?

—Nunca te lo pregunté directamente..., pero, Pablo, te saqué el tema incontables veces. Tú nunca te ibas más lejos de nuestra vida en Albacete. ¿Qué hay detrás de mi vida en Albacete, Pablo? Jamás me has dicho una palabra. Y yo no quería que pensases que pudiera estar loco, pero llevo más de diez años preguntándome las mismas cosas. Estoy tan confundido...

—¿Para qué quieres saber cómo fue tu vida antes de venir a Albacete? Es pasado. Yo te cuidé hasta que te recuperaste.

—Tenía derecho a conocerla...—Y, sollozando, Hugo abandonó el *hall* para dirigirse al salón—. No puedo creérmelo. ¿Cómo has podido ocultarme todo esto? —decía sujetando un portarretratos en el que salía con Amanda posando en la torre Eiffel.

Pablo echó una mirada en redondo por toda la habitación. Sellaba sus labios con fuerza y respiraba dificultosamente, como si le faltara oxígeno. Su cara, entera roja, estaba desecha en lágrimas.

—Lo siento de veras, Hugo. Creí que era lo mejor. Quería cuidarte y no ocasionarte más dolor. He querido hacer siempre lo mejor para ti. He llorado tanto, Hugo. ¡Estabas muerto! ¡Estuviste más de cinco minutos muerto! Entonces volviste... Te quería dar una nueva vida. ¿Para qué revelarte un pasado si ya no existía? No recordabas nada. Yo sólo quería darte la mejor vida posible.

—No lo entiendo. Es que no lo entiendo. ¿Estuve muerto? Bueno, da igual. Pero no entiendo por qué me has ocultado todo esto. ¿Por qué no me dijiste que Amanda vivía aquí? Márchate, por favor.

—No Hugo, tenemos que irnos. No puedo dejarte aquí solo.

—No estoy solo, Pablo. Amanda va a venir en cualquier momento.

Pablo volvió a inclinar la cabeza. Se desconsolaba. Y con los ojos mirando al suelo movía ésta para un lado y para otro.

—No, Hugo... —Sus pupilas apenas se veían porque sus ojos estaban bañados en cristales brillantes y diminutos. Mirándole fijamente, de corazón, por fin dijo—: Amanda no va a venir.

—Márchate, por favor, Pablo.

—Amanda no va a venir, Hugo.

—¡Que te vayas!

—Amanda no va a venir. No puede venir.

—¡Vete!

Pablo se acercó, lo zarandeó, lo empujó contra el sofá y gritándole le anunció:

—Amanda no va a venir nunca, Hugo. ¡Está muerta! ¿No lo entiendes? ¡Está muerta! ¡Muer-ta! Murió en el accidente.

Hugo enmudeció. Veía a su hermano de pie, enfrente de él, gesticulando plásticamente y repitiendo de manera severa esa palabra que eran puñaladas para él: «Muerta, está muerta», y salpicaba, todo trémulo, con lágrimas, el cristal del portarretratos que sujetaba en las manos. Sus ojos se quedaron clavados en el balcón, que era de un naranja intenso. Su cuerpo temblaba y su respiración lo ahogaba. Su pensamiento era lineal: «Amanda está muerta».

# XXII

«23 DE FEBRERO DEL...

Querida Amanda,

siento haber estado tanto tiempo sin escribirte. Peor aún, siento haber estado tanto tiempo sin pensarte. Ya he vuelto a casa, con mi hermano. He vuelto a la vida, a la única vida que conocía y que conozco.

Amanda, perdona, de verdad, mi ausencia, no me han dejado estar a tu lado. Pero ya he vuelto, vuelvo a estar con Pablo en casa, y, por cierto, ya le perdoné. Él no merecía ningún enfado por parte mía. Ha hecho tanto por mi... Ha estado a mi lado en todo momento, y ahora, como dice él, ya estoy preparado para regresar a casa. Por fin... en casa.

Hoy he decidido volver a ponerme en contacto contigo. Sí, creo que estoy preparado para hacerlo.

No te preocupes si mi mano vence a los temblores; recordarás que los más grandes dolores siempre los he sufrido acompañados por ese continuo escalofrío que tú llamabas graciosamente «el tembleque del corazón». No, no pienses que ya puedo acordarme de nuestra vida juntos, es que he leído toda nuestra correspondencia.

Por cierto, hablando de corazones: Amanda, tengo tu corazón todavía en el dorso de mi brazo. Lo repaso todos los días para que no se borre. Cuando necesito llorar me basta con mirarlo. Lo acaricio con el alma, lo toco con las yemas, y sé que, haciéndolo, «estoy tocando el tuyo».

Amanda, mi puzle... solamente me queda una pieza para completarte. Eres como esas colecciones de cromos que nunca se acaban porque siempre hay uno que se niega a aparecer en el quiosco. Pablo dice que no busque más, que ya tengo el puzle completo. También piensa que me equivocaba, que nunca se trató de completar un puzle para conformarte a ti, si no que fue un puzle para conocerme a mí mismo. Dice que, en el fondo, estuve buscando las piezas de mi vida; que el día del accidente quedé fragmentado. Yo le digo que sí, que puede llevar razón, pero que como no quería que estuviese buscando unas piezas que no fueran sino para configurarte a ti, mi Amanda, si tú, para mí, lo eres todo. Eres mi puzle, el mosaico de mi vida, y no pienso que mi hermano lleve razón. ¡Ay!, qué feliz fui buscándote... Seguro que, a tu lado, sentía la misma felicidad. Estoy seguro.

Si la única pieza que me falta es, a mi parecer, hacer que vuelvas a mi lado, ¿cómo puedo hacer por completarte? Varias personas me advirtieron de que vivías en otro mundo...No les hice caso...

Amanda, voy a necesitar por tu parte más respuestas, ¿debo conformarme con tenerte incompleta en mi realidad, pero completa en mi pensamiento?

Es verdad que todavía no recuerdo más de lo que me va contando Pablo, pero ya te dije que sí puedo hacerlo con sentimientos. Recuerdo más de lo que imaginas, y el dolor que tengo adivino que significa la tristeza por haberte perdido. Me ocurre como a tu autor preferido, cuando expresa: "En la profundidad de su dolor, vio la realidad de su amor".

Ay, Amanda, no pude buscarte con más intensidad. Te busqué con toda mi alma. Sabía, muy dentro de mí, que existías y que me amabas, y yo... bueno... yo perdí el juicio buscándote. Ahora sé que me hubiera bastado con buscarte en el pozo de mis sentimientos, que nunca has estado ahí afuera, sino que estabas en mí, dentro de mí. ¡En cuántas cosas te proyecté, Dios mío! Te necesitaba tanto...

¿Sabes? Le doy muchas vueltas a un asunto. No sé si es mejor recordarte o no.

A veces pienso que me sería, efectivamente, más difícil continuar mi vida si tuviera vivo todo nuestro pasado; pero, es que, otras veces, hundo mi cabeza en la almohada desconsoladamente por buscar, con todas mis fuerzas, algún resquicio de algún recuerdo —el que sea— porque necesito proyectarte en mi mente, lo necesito. Pero nada, nunca encuentro nada. Estoy vacío. Todo lo que tengo son sentimientos, y, como imaginarás, soy yo mismo quien une estos sentimientos a alucinaciones. Sí, se podría decir que tengo recuerdos inventados. Me entretengo a menudo componiendo historias al mirar nuestras fotos.

Elaboro el día entero de cualquiera de nuestras fotografías hasta alcanzar el momento exacto en que posamos para la cámara. Cada día creo una historia nueva. Y sé que podría pasarme todo el tiempo del mundo inventando historias y vivir contigo únicamente en mi pensamiento, en mi casa, en mi habitación, en mi cama, y envejecer contigo en mi cabeza. Pues bien, Amanda, en esos momentos no pienso que portar nuestros recuerdos sea una carga y, más bien, pienso que los necesito; entonces me convenzo de que me ha mirado un tuerto, porque soy la única persona que convive con todo el dolor del pasado y, por contra, me han desaparecido las imágenes que siempre acompañan a los mismos. Es como intentar recordar un olor, ¡que se hace!, quiero decir, es posible recordar un olor, pero nunca se está seguro de haberlo hecho, porque los olores, y también los sabores, no se recuerdan, sino que se repiten y, entonces, los asociamos a distintas cosas.

En mi pecho ha anidado la tristeza, Amanda, pero la comunicación del corazón hasta mi mente es ciega. Río, lloro y vivo en la oscuridad. ¡Y digo yo que, ya que me duele, por lo menos, que me duela con imágenes!, ¿verdad?; que me duela, pero que me duela con sentido, como en cualquier persona normal. ¡Ay!, pues no, Amanda, nada de eso, solamente me duele. Y tanto más sufro por esta ausencia de proyecciones que, a veces, tengo la impresión de no estar sintiendo nada, porque mi cuerpo se ha debido de hacer a tu ausencia, que es ciega en mi mente, pero rotunda en cada latido de mi corazón.

Pablo se echa a reír cada vez que le cuento esto. Ya sabes que entre él y yo siempre ha habido buen sentido del humor, y ningún dardo se envenena entre nosotros. Me dice que no me queje, que el dolor en bruto es «la mar de mejor». «El dolor a palo seco». Yo tengo que reírme también. Además, lo hago por petición de mi psicólogo. Se trata del doctor Aguilar. Él me dice que despunte mi sonrisa, que me ría de todo. No es mala idea, así que lo hago. De verdad que sí, que lo hago, y me gusta; y me ayuda; pero después, sin que me vean, marcho a la cocina, con una excusa, o al baño, o subo a mi dormitorio, entonces miro el corazón de mi brazo y lloro. Pero no te sientas mal, Amanda. Lloro porque me gusta. Es mi manera de tenerte siempre viva en mí, porque «así es como puedo tocar también tu corazón».

Amanda, mi puzle, mi vida, déjame contarte más cosas. Te voy a contar algo sobre la mejor persona del mundo. Es mi hermano. ¿Sabes qué dice? Dice que estoy loco. ¡Loco! No…, yo le digo que solamente me gusta divagar entre lo poco usual. ¡Ay!, cuánto lo quiero yo, Amanda. Ha cuidado de mí todos estos años. Me gustaría agradecérselo. Le debo tanto… Ha tenido tanta paciencia…

Ahora mismo me entra la risa. ¿Cuántas cosas sin sentido habrán salido de mi boca que él ha continuado como si nada, con toda la tranquilidad del mundo? ¡Oh, por favor, me muero de vergüenza! ¿No es gracioso? Se ha portado maravillosamente bien conmigo y, lo más importante, nunca ha intentado apagar mis sueños. (Sueños o delirios, como prefieras, da igual). Nunca lo ha hecho. Me ha dejado soñar y hasta él ha soñado conmigo, para que no me sintiera sólo. Me ha hecho creer una persona completamente corriente, y yo salía a la calle sintiéndome así: normal.

Cuando comencé la aventura del puzle y anduve buscándote, él en ningún momento me confesó la verdad, y aunque se lo recriminé cuando me enteré de todo (ya sabes, cuando permanecí una larga temporada esperándote en nuestro ático), gracias a él viví un sueño, porque dejó crecer en mí la esperanza, para que no recayera en mí, de nuevo, la depresión, y para que me sintiera feliz. ¡Hasta él, Amanda, me ayudó a buscarte! De verdad que le estoy muy agradecido... y yo me siento fatal. Nunca debí haber estado tanto tiempo sin hablarle. Sí, Amanda, fue así... Mientras estuve ingresado, ya enterado de todo, no abrí la boca ni le dirigí una sola mirada. ¡Qué mal me siento! Nunca debí haberlo hecho.

Ahora ya, poco a poco, ahora que estoy asimilando la verdad, hemos vuelto a estar como antes.

Lo extraordinario de su persona es que no me tiene rencor por nada. Me ha perdonado todo. Es tan increíblemente bueno... Pero lo mejor, Amanda, es que, al igual que podríamos estar juntos de nuevo pero en un estado frío o de tensión... pues no. Él no se corta en tomarse todo como siempre lo ha hecho, y con socarronerías me lanza lo que más me puede doler, porque sabe que es mucho mejor tomarse las cosas así, con humor, y se ríe, se ríe de mí, y yo entiendo que lo único que pretende es sacarme una sonrisa, que me sienta feliz, y consigue, al final, lo mejor que uno puede hacer ante un problema: que se acabe riendo también de sí mismo, y es lo que él ha conseguido, y es lo que yo hago. ¿Sabes, acaso, cómo me llama desde entonces? me llama «El loco del puzle». ¡Ay!, Amanda, ¡El loco del puzle!, ¿cómo se puede ser tan vil y a la vez tan terco? Amanda, no me importa repetirlo mil veces, pero menos mal que tengo a mi hermano a mi lado, lo quiero tanto... No quiero perderlo.

Amanda, he vuelto a casa, y no sé muy bien cómo rehacer mi vida. Era tan divertido buscarte. ¿Qué voy a hacer ahora que ya sé que no puedo encontrarte en este mundo?

Nos veremos pronto. Cuídate, mi Amanda.

Tu Hugo»

# XXIII

AMANDA, ESTA MAÑANA, en uno de los jardines del parque de Albacete, los estorninos en bandada daban vueltas en el aire, como retenidos por un exquisito estímulo. El cielo ha adquirido el color de las medusas y ningún rayo de sol penetra por su viscosidad opulenta. Pero el cielo, por encima de las nubes, debe ser escarlata.

Hay un banco de madera ubicado cerca del largo talud de alabastro, justo detrás de una fuente cuyo chorro de agua se proyecta en el aire —cual fuente veneciana— y cuyas gotas, que son polvo de hadas, caen luego con serenidad al estanque —pues lo hacen con la cadencia de un tartamudo: con repique, pero sin estrépito; susurrante y no del todo silencioso; relajante e infinito— en el cual siempre me siento. Estoy aquí, inclinado sobre mis rodillas, escribiendo.

Amanda, déjame contarte un cuento:

Se hallaba el hombre en la duda metafísica; en esa duda que sólo desborda los socaires del conocimiento humano y que es la duda por el *ser*:

—¿Existimos?

Pero muy atenta estuvo la Verdad en contestar:

—¿Qué significado tiene el Ser si todavía no habéis podido conquistarme a mí, que soy la Verdad?

El hombre contestó:

—Y tú, Verdad, ¿eres sincera?

—Humano, la Sinceridad y yo vamos de la mano —le contestó.

—Verdad —le dijo el hombre—, ¿te has visto alguna vez?

—¿Perdona? —preguntó.

—No puedo entender que tú y Sinceridad vayáis parejas.

—¿Por qué?

—Porque Sinceridad nunca podría mirarse en un espejo. De ahí mi pregunta: Verdad, ¿alguna vez te has mirado a un espejo?

—¡Cómo! ¿Acaso me tomas por Narciso? Yo no tengo ningún interés en mirarme al espejo. Nunca lo he hecho.

—No podrías.

—Por supuesto que podría —respondía inquisitoria, muy segura de sí misma—. ¿Por qué osas decir, tú, hombrecillo, que no podría mirarme?

—Es fácil —contestó el hombre—: La Sinceridad frente a un espejo se vería en posición inversa (o contrapuesta) y pensaría, inevitablemente, que se está engañando a sí misma. De este modo, viéndose falsa en el reflejo, su naturaleza cambiaría y pasaría a ser cualquier cosa menos sincera: sería una mentira.

Amanda, yo no sé cuánto de verdad hay en mi vida, ni cuánto hay en la vida de verdad. No sé si es un atrevimiento afirmar que paso todas las horas del día esperando a que yo, que soy un ser, vuelva a tu lado, pues juro que tú tuviste que ser otro ser. Pero, Amanda, ¿cómo puede algo desaparecer? ¿Cómo puede algo existir? ¿Cómo es que el hombre se cree el mundo si solamente mirando el cielo, las espesas y blancas dudas nos precipitan, no respuestas, sino más y más preguntas?

Da igual, Amanda, no te dejes engañar por mis palabras. Estoy aquí, realmente, para pensarte. Estoy en un banco, escribiendo, viendo pasear a la gente por el parque de Albacete.

Será que me gusta este banco porque me permite ver todas las cosas en conjunto: los árboles, los animalillos, las flores en toda su variedad, el patio donde los niños salen de clase y juegan, los anchos caminos por donde se pasea y por donde se sale a correr, la ciudad de fondo... Aquí estoy: inventándote en mi imaginación y escribiendo para ti estas líneas.

El nuevo jardinero acaba de levantar el brazo desde lo lejos con intención de saludarme. Yo le he devuelto el saludo con el lápiz en la mano. Amanda, él es el único que me saluda de todo el parque.

Considero que todas las plantas aquí erguidas están vivas gracias a mí: árboles que mimé en invierno, que protegí en primavera y que regué en verano; lilas, petunias, rosas y tulipanes... flores que veía nacer y que, prendido por su belleza, las contemplaba mientras mi pensamiento estiraba las alas por el cielo. En fin... que pasan las personas por mi lado y ninguna se detiene para agradecer mi esfuerzo de nueve años. Al principio, desesperé; después, reflexioné.

Ahora pienso que, al igual que yo soy un desconocido para ellos, también ellos lo son para mí, y que quizá me esté cruzando con el arquitecto que levantó el edificio que se yergue detrás de mi espalda, cuyas ventanas, posicionadas magistralmente, hacen que lluevan reflejos iridiscentes cuando el sol, siempre a las doce dadas, incide en sus cristaleras sus rayos, y el césped, que en otoño siempre se encuentra húmedo, se aprecia de colores diferentes. Pero no son las doce y el día está hoy muy pálido.

Me encuentro bien desde que hago esta rutina. Aprendí mucho buscándote, por lo que ahora me fijo más en los detalles de la vida. Me fijo en las personas y adivino en qué podría ayudarles. Entonces me acerco a ellas y simplemente conversamos. Cuando me preguntan —después de haberles dicho que ya no trabajo— a qué me dedicaba, les suelo decir, en honor a ti, que era coleccionista. Creo que siempre se marchan a sus casas habiéndose olvidado de cómo un coleccionista puede ganar un salario, pues se entretienen y se enzarzan en hablar sobre sus colecciones y olvidan la pregunta: «¿Cómo pudiste vivir siendo coleccionista?». Me preguntan, sin embargo: «¿qué coleccionabas?». Yo les digo que me dedicaba a la búsqueda de las piezas de la felicidad, y ellos sonríen porque están muy seguros de que les estoy tomando el pelo y que mi intención no es otra que esbozar en sus rostros una sonrisa. Nunca les digo que lo que les he dicho es absolutamente verdad.

Recorro el parque de punta a punta, o lo bordeo por los caminitos angostos, escuchando música en mis orejas, mirando el cielo, que ahora amenaza con llover. Me siento en cualquier banco en el momento en que tengo que escribir. Cuando algo ocurre alrededor mío, lo escribo y te lo regalo. Es pura necesidad.

Mis pupilas han enfocado algo. Un hombre de mediana edad, de vaqueros y camisa azul, está corriendo lentamente con sus piernas curvadas y sus brazos en jarra. La expresión de su cara es plena, como la nuestra en la fotografía de las barcas en el Retiro. Su boca dibuja la mejor sonrisa, su mirada es pura y sincera, y por ello pienso que no puede existir ser en este planeta que no se esfuerce en averiguar qué motivo está causando tal desborde de felicidad en esta persona: es su hijo. Y es que el niño, que tendrá dos años, está corriendo delante de él, riendo a carcajada limpia, sujetando de forma inexplicable el chupete en la boca, con la correa desprendida del jersey y balanceándose por su barbilla; tropezando con los pliegues de un suelo totalmente llano, riendo y riendo, corriendo como medianamente puede, al borde, en todo momento, de salir despedido hacia el suelo. Pero posee la seguridad de que su padre lo persigue, que lo va a agarrar y que lo va a abrazar con todas sus fuerzas. El viento arrecia y el niño tiende sus manos ahora a su madre. He escuchado que le decía con un poco de exigencia: «Má, upa. Má, upa», y la mamá aupaba a su pequeño con esa alegría infinita maternal que reluce igual en... ¡ay! me hubiese gustado decir otra cosa, pero veo el mismo reflejo de la madre en los ojos del pastor alemán con el que me acabo de cruzar. Y es que en los ojos de los perros también se encuentra ese brillo que sólo puede garantizar que la vida trata de estos menesteres: la vida es un brillo de momentos que hay que saber disfrutar.

Están cayendo las primeras gotas. Me pongo a pensar en el niño y en el perro, y se me ocurre la siguiente comparación:

Así como los niños buscan mojarse cuando llueve porque ven brillos preciosos en el aire y dan la espalda a la lógica del adulto, así las mascotas olvidan las leyes naturales por puro amor hacia sus amos. Por tanto, en una realidad distinta, conviven esta clase de seres; son los que se olvidan de que sus cuerpos tienen límites y buscan alcanzar y fundirse en los confines de lo que ansían: los perros a sus amos; los niños, todo lo que acontece en la naturaleza —que orbita siempre en derredor a sus padres—. Amanda, yo quiero olvidar, como ellos, que tengo cuerpo, para estar contigo. En vano, no hay manera de volver a ser niño: siempre recuerdo las limitaciones que tengo, y tampoco puedo ser perro: conozco la flaqueza de mi naturaleza. Pienso demasiado las cosas. Amanda, ¿por qué tengo que tener cuerpo?

Tuerzo un poquito el cuello cuando el viento acaricia mis mejillas. Pongo atención ahora a los setos, que desbordan sus cuerpos gruesos —cada vez menos resistentes— en dirección al suelo, y aunque atados a la yedra, algunos logran sostenerse, otros vencen por el desfallecimiento de la planta, que pierden sus fuerzas poco a poco por el frío. Las hojas del otoño forman mosaicos en el suelo y otras muchas hojas se sostienen uniformemente adosadas a los pies de los árboles. Pero el aire, que pasa esquivando los pinos, barre y esparce todas aquellas que no han encontrado lugar donde reposar sus cada vez más quebradizos cuerpos, y subiendo en espiral por el aire, se desplazan y vuelven a caer en sitios diferentes: en las puertas de las casas, en las lunas de los coches... Pienso que las hojas en este equinoccio se hallan perdidas, agotan sus vidas en un periodo que ya no les corresponde, y ellas, conscientes de que a todo le llega el final, apagan sus colores hasta alcanzar ese pigmento difícil, pasando del verde al amarillo y del amarillo al color simpático de la *nada,* y desaparecen. Pero en su abatimiento nos regalan obras de arte. Amanda, ¿es que sigues estando en las hojas de los árboles?

Conozco esta sensación y es agradable. No tengo que preocuparme por si caen lágrimas de mis ojos. Estoy en calma y en conexión con el mundo. Déjame revelarte un secreto: no te busco, Amanda, te encuentro. Te hablo de luces y de sombras, de árboles y de flores, de pájaros y de fuentes, pero mi mente las proyecta con un mismo fondo, el fondo de tu presencia. Pues al igual que no podemos nunca imaginar los objetos sin un espacio, yo no puedo, Amanda, ver el mundo sin tener como fondo tu rostro. Soy el que observa. Observo la naturaleza, que es todo. Pienso en ti porque prestando atención al mundo huyo de mí un poquito, quedando mi espíritu disperso en las cosas, que es donde tengo esperanza de que existas. Amanda, me gustaría seguir con esta reflexión, pero mi espíritu se ha suspendido. Otra ráfaga de viento me ha susurrado que volcase mi atención a cierto rincón del muro. Me he levantado del banco, un poco desconcertado, me he acercado allí donde una energía concentraba todos mis augurios, y entre el césped he visto que brillaba un objeto. Rápidamente he arrancado los flecos verdes para que mis ojos pudieran darle forma a este secreto. Lo he visto: es una cajita.

Amanda, permíteme que te cuente un cuento.


FIN

«Búscame en donde jamás pienses que esté,
pero nunca pienses que estoy donde,
desde lejos, precisas que estoy».

Visita la página del autor
para conocer más cosas sobre Amanda.

**www.davidescribe.com**